季羡林留给孩子的人生启蒙书

书山有路勤为径

季羡林 著

GUANGXI NORMAL UNIVERSITY PRESS
广西师范大学出版社
·桂林·

SHUSHAN YOU LU QIN WEI JING

书山有路勤为径

出版统筹：汤文辉
品牌总监：张少敏
质量总监：李茂军
选题策划：耿　磊　李茂军　陈显英　陈美蓉
选 编 者：李茂军　王星淏　陈美蓉
特约编辑：李　强　韩伟霞
责任编辑：李茂军
助理编辑：陈美蓉　时艳艳
美术编辑：卜翠红　刘冬敏
营销编辑：李倩雯　赵　迪
版权联络：郭晓晨
责任技编：郭　鹏

图书在版编目（CIP）数据

书山有路勤为径 / 季羡林著．—桂林：广西师范大学出版社，2019.1（2023.9 重印）
（季羡林留给孩子的人生启蒙书）
ISBN 978-7-5598-1364-0

Ⅰ．①书…　Ⅱ．①季…　Ⅲ．①散文集－中国－当代　Ⅳ．①I267

中国版本图书馆 CIP 数据核字（2018）第 259313 号

广西师范大学出版社出版发行
（广西桂林市五里店路 9 号　邮政编码：541004
网址：http://www.bbtpress.com）
出版人：黄轩庄
全国新华书店经销
唐山富达印务有限公司印刷
（唐山市芦台经济开发区农业总公司三社区　邮政编码：301501）
开本：880 mm × 1 240 mm　1/32
印张：8.875　　字数：154 千字
2019 年 1 月第 1 版　　2023 年 9 月第 11 次印刷
印数：58 001~61 000 册　　定价：32. 80 元

— 总序 —

对少年同学们说的几句话

给我机会让我对少年同学们说几句话，我简直觉得是莫大的幸福。我也是有过少年时代的；但是，到了今天，再回忆起那个时代来，云烟渺茫，真是恍如隔世了。

当我还是少年的时候，我并不觉得少年特别幸福，特别可爱。有时候，反而有些愤愤不平之意，很想赶快长大成人，好同大人分庭抗礼。以后进入青年、中年。辛稼轩词说："少年不识愁滋味，爱上层楼。爱上层楼，为赋新词强说愁。"他这里说的"少年"，据我理解，实际上是指青年，甚至是中年的一部分。我在青年时期，愁滋味识得颇为充分。但我不赋新词，因而也不爱上层楼，只是觉得人生艰难而已。我对别的青年或中年，除了至亲好友之外，几乎是漠不关心的。然而时间只是流逝，一转瞬间，自己已经进入老境，再引辛稼轩的词："而今识尽愁滋味，欲说还休。欲说还休，却道天凉好个秋。"我的心情完全不同。我没有什么愁可说，也用不着说“天凉好个秋”。只是对于少年儿童，感情却越来越深，深的程度可以说是同年龄成正比。这一点，在我青少年时代，是完全无法想象的。

这是什么原因呢？原因大概是，自己一进入老年，想的问题就多了起来。我从不叹老，也不嗟贫，认为“长江后浪推前浪，世上新人换旧人”，这是自然规律，用不着嗟叹。不过自己毕竟有了一把子年纪，迟早会向地球告别的。但是地球决不停止转动，人类也不会停止进步，光明就在前面，希望在于将来。二三十年以后，担负起伟大建设任务的不就是今天的少年吗？因此，年龄增加一岁，对青少年的感情就增加一分。这种心情，我不说，青少年是未必知道的。而且我这种心情，我相信，也有一定的代表性，决不会为我一人所垄断。

就在这样的背景下，我能有一个机会对少年同学们说几句话。我认为是一种幸福，不是很自然的吗？

人人都有一个少年时代。尽管年龄还有一定的差距，各个人的少年时代也不会完全相同。比如，我在旧社会生活过一段时间。旧社会的那种情况，旧社会的“愁滋味”，我都或多或少地尝过而且“识得”。这种滋味，今天的少年，做梦也不会梦到的。今天的少年有福了。你们是在蜜水中成长起来的。这有好的一面，也有坏的一面。好的是，你们的身体和精神都发育正常而健康，没有受过挫折或打击。坏的是，你们社会经历太少，对好多事物，无从比较，难以鉴别。本书中所收的文章，有的记述了我童年时代的一些经历。我相信，你们从中可以了解一些过去时代的情景，也许能间接识得一些旧时代的“愁滋味”。你们可以拿这些文章当作镜子，从中照见你们和我们的不同，过去和现在的不同。这会有利于扩大你们现在的远远超过我们当时水平的知识面，对社会认识更深刻，对生活体会更全面。

你们听说过“代沟”这个名词吗？看样子，这是从外国翻译过来的一个名词。意思是两代人之间的鸿沟。我同你们从年龄上比起来，已经不是两代人，而可能是三代或者更多的代。我们之间有一条“沟”，这是很自然的，用不着大惊小怪。我们只有承认这个事实。

但是我们之间难道就没有共同的语言、共同的感情了吗？我认为，还是有的。我一生在教育界工作，天天同学生接触。我一向自认为是了解同学的。可是最近几年以来，我却越来越感觉到我们彼此互不了解，特别是我不了解学生。我常常以此为苦。但是我在这里想着重说一句：也并不是在所有的问题上都互不了解。在一些问题上，我们是心心相通的，比如爱国主义，就是其中之一。

我同别的人一样，也是既有优点，又有缺点的。我常常剖析自己，剖析自己的优缺点何在。我认为有一点是值得提出来的，就是热爱我们社会主义的祖国。我头脑里有时候也有一些畅想曲。我曾幻想，有朝一日，如果在祖国与个人生命之间非有所抉择不行的话，我究竟选择什么？我的回答简单而又坚决：祖国。即使把我烧成了灰，我的每一个灰分子也是热爱祖国，决不变节的。这当然都是瞎想，不过也略能表达我的心情。在这方面，我同许多大学生是有共同感情的。一提到振兴中华，他们就立刻来了劲。这不是一个有力的证明吗？

你们少年同学怎样呢？我没有同你们谈这个问题的机会，我不敢说。但是我坚决相信，你们也会同你们大学生哥哥姐姐是一样的。你们也热爱我们的祖国。这一点是环境决定的。中国过去是一个受剥削受压迫的国家，我们的知识分子大多数之所以有强烈的爱国心，其根源就在这里。你们当然没有识得旧社会那种愁，但是你们从家长、老师那里，从父辈、祖父辈那里，也会了解到，感觉到这一点的，所谓潜移默化、耳濡目染者就是。你们从这一集子中的某一些文章中也能领会到这一点的。如果真是这样的话，我就会感到无限的欣慰。我在本文开始时，写出的那一句话，“给我机会让我对少年同学们说几句话，我简直觉得是莫大的幸福”，就不至于落空。

选自《〈启明星〉序》，略有删改

季羡林

— 代序 —

书海浮槎

古今中外赞美读书的名人和文章，多得不可胜数。张元济先生有一句简单朴素的话：“天下第一好事，还是读书。”“天下”而又“第一”，可见他对读书重要性的认识。

为什么读书是一件“好事”呢?

也许有人认为，这问题提得幼稚而又突兀。这就等于问“为什么人要吃饭?”一样，因为没有人反对吃饭，也没有人说读书不是一件好事。

但是，我却认为，凡事都必须问一个“为什么”，事出都有因，不应当马马虎虎，等闲视之。现在就谈一谈我个人的认识，谈一谈读书为什么是一件好事。

凡是事情古老的，我们常常总说“自从盘古开天地”。我现在还要从盘古开天地以前谈起，从人类脱离了兽界进入人界开始谈。人变成了人以后，就开始积累人的智慧，这种智慧如滚雪球，越滚越大，也就是越积越多。禽兽似乎没有发现有这种本领。一只蠢猪一万年以前是这样蠢，到了今天仍然是这样蠢，没有增加什么智慧。人则不然，不但能随时增加智慧，而且根据我的观察，增加的速度越来越快，有如物体从高空下坠一般。到了今天，达到了知识爆炸的水平。最近一段时间以来，克隆使全世界的人都大吃一惊。有的人竟忧心忡忡，不知这种技术发展伊于胡底。信耶稣教的人担心将来一旦克隆出来了人，他们的上帝将向何处躲藏。

人类千百年以来保存智慧的手段不出两端：一是实物，比如长城等等；二是书籍，以后者为主。在发明文字以前，保存智慧靠记忆；文字发明了以后，则使用书籍。把脑海里记忆的东西搬出来，搬到纸上，就形成了书籍，书籍是贮存人类代代相传的智慧的宝库。后一代的人必须读书，才能继承和发扬前人的智慧。人类之所以能够进步，永远不停地向前迈进，靠的就是能读书又能写书的本领。我常常想，人类向前发展，有如接力赛跑，第一代人跑第一棒；第二代人接过棒来，跑第二棒，以至第三棒、第四棒，永远跑下去，永无穷尽，这样智慧的传承也永无穷尽。这样的传承靠的主要就是书，书是事关人类智慧传承的大事，这样一来，读书不是“天下第一好事”又是什么呢？

但是，话又说了回来，中国历代都有“读书无用论”的说法。读书的知识分子，古代通称之为“秀才”，常常成为取笑的对象，比如说什么“秀才造反，三年不成”，是取笑秀才的无能。这话不无道理。在古代——请注意，我说的是“在古代”，今天已经完全不同了——造反而成功者几乎都是不识字的痞子流氓，中国历史上两个马上皇帝，开国“英主”，刘邦和朱元璋，都属此类。诗人只有慨叹“可惜刘项不读书”。“秀才”最多也只有成为这一批地痞流氓的“帮忙”或者“帮闲”，帮不上的就只好慨叹“儒冠多误身”了。

但是，话还要再说回来，中国悠久的优秀的传统文化的传承者，是这一批地痞流氓，还是“秀才”？答案皎如天日。这一批“读书无用论”的现身“说法”者的“高祖”、“太祖”之类，除了镇压人民剥削人民之外，只给后代留下了什么陵之类，供今天搞旅游的人赚钱而已。他们对我们国家竟无贡献可言。

总而言之，“天下第一好事，还是读书”。

选自《〈书海浮槎〉序》，略有删改

目录

天下第一好事，还是读书

“三更灯火五更鸡，正是男儿读书时。黑发不知勤学早，白首方悔读书迟。”季羡林先生惜时如金，几乎每天都是北京大学第一个亮灯开始读书写作的人，以至有人将“闻鸡起舞”改为“鸡闻起舞”来形容他。对他而言，天下第一好事，还是读书。

论写作

“作文或写文章有什么诀窍吗？据说是有的……《作文秘诀》之类的书，就是瞄准了学生的钱包，立章立节，东拼西凑，洋洋洒洒，神乎其神，实际上是一派胡言乱语。谁要想从里面找捷径，寻秘诀，谁就是天真到糊涂的程度，花了钱，上了当，赔了夫人又折兵。……想要写好文章，只能从多读多念中来。” 季羡林先生如此说，也是如此做的，炼字、炼句、炼篇、求真…… “板凳要坐十年冷，文章不写一句空”。

做学问

什么是学问？学问源于布衣寒窗，是在学习和苦苦钻研的基础上，一朝顿悟，发前人所未发之秘，辟前人所未辟之境。季羡林先生所经历的曲折与辛酸，是难以想象的。但他始终云淡风轻从容面对，以“跌倒又爬起来”的弘毅精神，“虽九死而不悔”地研究，这种精神，永远是值得我们后辈所铭记和学习的。

天下第一好事，还是读书

“三更灯火五更鸡，正是男儿读书时。黑发不知勤学早，白首方悔读书迟。”季羡林先生惜时如金，几乎每天都是北京大学第一个亮灯开始读书写作的人，以至有人将“闻鸡起舞”改为“鸡闻起舞”来形容他。对他而言，天下第一好事，还是读书。

开卷有益

这是一句老生常谈。如果要追溯起源的话，那就要追到一位皇帝身上。宋王辟之《渑水燕谈录》卷六：

（宋）太宗日阅《（太平）御览》三卷，因事有缺，暇日追补之。尝曰："开卷有益，朕不以为劳也。"

这一段话说不定也是"颂圣"之辞，不尽可信。然而我宁愿信其有，因为它真说到点子上。

鲁迅先生有时候说："随便翻翻。"我看意思也一样。他之所以能博闻强记，博古通今，与"随便翻翻"是有密切联系的。

"卷"指的是书，"随便翻翻"也指的是书。书为什么能有这样大的威力呢？自从人类创造了语言，发明了文字，抄成或印成了书，书就成了传承文化的重要载体。人类要生存下去，文化就必须传承下去，因而书也就必须读下去。特别是在当今信息爆炸的时代中，我们必须及时得到信息。只有这样，人才能潇洒地生活下去，否则将适得其反。信息怎样得到呢？看能得到信息，听也能得到信息，而读书仍然是重要的信息源，所以非读书不可。

什么人需要读书呢？在将来人类共同进入大同之域时，人人都一定要而且肯读书的，以此为乐，而不以此为苦。在眼前，我们还做不到这一步。如今有个别的“大款”，也同刘邦和项羽一样，是不读书的。不读书照样能够发大财。然而，我认为，这只是暂时的现象，相信不久就会改变。传承文化不能寄希望于这些人身上，而只能寄托在已毕业或尚未毕业的大学生身上。他们是我们的希望，他们代表着我们的未来。大学生们肩上的担子重啊！他们是任重而道远。为了人类的继续生存，为了前对得起祖先，后对得起子孙，大学生们（当然还有其他一些人）必须读书。这已是天经地义，无须争辩。

根据我同北京大学学生的接触和我对他们的观察，绝大多数的学生还是肯读书的。他们有的说，自己感到迷惘，不知所从。他们成立了一些社团，共同探讨问题，研究人生，对人生的意义与价值感到兴趣。他们甚至想探究宇宙的奥秘。他们是肯思索的一代人，是可以信赖的极为可爱的一代年轻人。同他们在一起，我这个望九之年的老人也仿佛返老还童，心里溢满了青春活力。说这些青年不肯读书，是不符合实际情况的。

读什么样的书呢？自己专业的书当然要读，这不在话下。自己专业以外的书也应该“随便翻翻”，知识面越广越好，得到的信息越多越好，否则很容易变成鼠目寸光的人。鼠目寸光不但不利于自己专业的探讨，也不利于生存竞争，不利于自己的发展，最终为大时代所抛弃。

因此，我奉献给今天的大学生们一句话：开卷有益。

选自《开卷有益》，略有删改

坐拥书城意未足

古今中外都有一些爱书如命的人。我愿意加入这一行列。

书能给人以知识，给人以智慧，给人以快乐，给人以希望。至今我的藏书已经发展到填满了几间房子。除自己购买以外，赠送的书籍越来越多。我究竟有多少书，自己也说不清楚。比较起来，大概是相当多的。搞抗震加固的一位工人师傅就曾多次对我说：这样多的书，他过去没有见过。学校领导对我额外加以照顾，我如今已经有了几间真正的书斋，那种卧室、书斋、会客室三位一体的情况，那种“初极狭，才通人”的“桃花源”的情况，已经成为历史陈迹了。

有的年轻人看到我的书，瞪大了吃惊的眼睛问我：“这些书你都看过吗？”我坦白承认，我只看过极少极少的一点。“那么，你要这么多书干嘛呢？”这确实是难以回答的问题。我没有研究过藏书心理学，三言两语，我说不清楚。我相信，古今中外爱书如命者也不一定都能说清楚。即使说出原因来，恐怕也是五花八门的吧。

真正进行科学研究，我自己的书是远远不够的。也许我搞的这一行有点怪。我还没有发现全国任何图书馆能满足，哪怕是最低限度地满足我的需要。有的题目有时候由于缺书，进行不下去，只好让它搁浅。我抽屉里面就积压着不少这样搁浅的稿子。我有时候对朋友们开玩笑说："搞我们这一行，要想有一个满意的图书室简直比搞四化还要难。全国国民收入翻两番的时候，我们也未必真能翻身。"这决非耸人听闻之谈，事实正是这样。同我搞的这一行有类似困难的，全国还有不少。这都怪我们过去底子太薄，解放后虽然做了不少工作，但是一时积重难返。我现在只有寄希望于未来，发呼吁于同行。我们大家共同努力，日积月累，将来总有一天会彻底改变目前这情况的。古人说："前人种树，后人乘凉。"让我们大家都来当种树人吧。

选自《坐拥书城意未足》，略有删改

我最喜爱的书

我在下面介绍的只限于中国文学作品。外国文学作品不在其中。我的专业书籍也不包括在里面，因为太冷僻。

一　司马迁《史记》

《史记》这一部书，很多人都认为它既是一部伟大的史籍，又是一部伟大的文学作品。我个人同意这个看法。平常所称的《二十四史》中，尽管水平参差不齐，但是哪一部也不能望《史记》之项背。

《史记》之所以能达到这个水平，司马迁的天才当然是重要原因；但是他的遭遇起的作用似乎更大。他无端受了宫刑，以致郁闷激愤之情溢满胸中，发而为文，句句皆带悲愤。他在《报任少卿书》中已有充分的表露。

二 《世说新语》

这不是一部史书，也不是某一个文学家和诗人的总集，而只是一部由许多颇短的小故事编纂而成的奇书。有些篇只有短短几句话，连小故事也算不上。每一篇几乎都有几句或一句隽语，表面简单淳朴，内容却深奥异常，令人回味无穷。六朝和稍前的一个时期内，社会动乱，出了许多看来脾气相当古怪的人物，外似放诞，内实怀忧。他们的举动与常人不同。此书记录了他们的言行，短短几句话，而栩栩如生，令人难忘。

三 陶渊明的诗

有人称陶渊明为"田园诗人"。笼统言之，这个称号是恰当的。他的诗确实与田园有关。"采菊东篱下，悠然见南山"，这样的名句几乎是家喻户晓的。从思想内容上来看，陶渊明颇近道家，中心是纯任自然。从文体上来看，他的诗简易淳朴，毫无雕饰，与当时流行的镂金错彩的骈文，迥异其趣。因此，在当时以及以后的一段时间内，对他的诗的评价并不高，在《诗品》中，仅列为中品。但是，时间越后，评价越高，最终成为中国伟大诗人之一。

四　李白的诗

李白是中国文学史上最伟大的天才之一，这一点是谁都承认的。杜甫对他的诗给予了最高的评价：“白也诗无敌，飘然思不群。清新庾开府，俊逸鲍参军。”李白的诗风飘逸豪放。根据我个人的感受，读他的诗，只要一开始，你就很难停住，必须读下去。原因我认为是，李白的诗一气流转，这一股“气”不可抗御，让你非把诗读完不行。这在别的诗人作品中，是很难遇到的现象。在唐代，以及以后的一千多年中，对李白的诗几乎只有赞誉，而无批评。

五　杜甫的诗

杜甫也是一个伟大的诗人，千余年来，李杜并称。但是二人的创作风格却迥乎不同：李是飘逸豪放，而杜则是沉郁顿挫。从使用的格律上，也可以看出二人的不同。七律在李白集中比较少见，而在杜集中则颇多。摆脱七律的束缚，李白是没有枷锁跳舞；杜甫善于使用七律，则是带着枷锁跳舞，二人的舞都达到了极高的水平。在文学批评史上，杜甫颇受到一些人的指摘，而对李白则是绝无仅有。

六 南唐后主李煜的词

后主词传留下来的仅有三十多首，可分为前后两期：前期仍在江南当小皇帝，后期则已降宋。后期词不多，但是篇篇都是杰作，纯用白描，不作雕饰，一个典故也不用，话几乎都是平常的白话，老妪能解；然而意境却哀婉凄凉，千百年来打动了千百万人的心。在词史上巍然成一大家，受到了文艺批评家的赞赏。但是，对王国维在《人间词话》中赞美后主有佛祖的胸怀，我却至今尚不能解。

七 苏轼的诗文词

中国古代赞誉文人有三绝之说。三绝者，诗、书、画三个方面皆能达到极高水平之谓也。苏轼至少可以说已达到了五绝：诗、书、画、文、词。因此，我们可以说，苏轼是中国文学史和艺术史上的最全面的伟大天才。论诗，他为宋代一大家。论文，他是唐宋八大家之一。笔墨凝重，大气磅礴。论书，他是宋代苏、黄、米、蔡四大家之首。论词，他摆脱了婉约派的传统，创豪放派，与辛弃疾并称。

八 纳兰性德的词

宋代以后，中国词的创作到了清代又掀起了一个新的高潮。名家辈出，风格不同，又都能各极其妙，实属难能可贵。在这群灿若明星的词家中，我独独喜爱纳兰性德。他是大学士明珠的儿子，生长于荣华富贵中，然而却胸怀愁思，流溢于楮墨之间。这一点我至今还难以得到满意的解释。从艺术性方面来看，他的词可以说是已经达到了完美的境界。

九 吴敬梓的《儒林外史》

胡适之先生给予《儒林外史》极高的评价。诗人冯至也酷爱此书。我自己也是极为喜爱《儒林外史》的。

此书的思想内容是反科举制度，昭然可见，用不着细说。它的特点在艺术性上。吴敬梓惜墨如金，从不作冗长的描述。书中人物众多，各有特性，作者只讲一个小故事，或用短短几句话，活脱脱一个人就仿佛站在我们眼前，栩栩如生。这种特技极为罕见。

十　曹雪芹的《红楼梦》

在古今中外众多的长篇小说中《红楼梦》是一颗璀璨的明珠，是状元。中国其他长篇小说都没能成为“学”，而“红学”则是显学。内容描述的是一个大家族的衰微的过程。本书特异之处也在它的艺术性上。书中人物众多，男女老幼、主子奴才、五行八作，应有尽有。作者有时只用寥寥数语而人物就活灵活现，让读者永远难忘。读这样一部书，主要是欣赏它的高超的艺术手法。那些把它政治化的无稽之谈，都是不可取的。

对我影响最大的几本书

我是一个最枯燥乏味的人，枯燥到什么嗜好都没有。我自比是一棵只有枝干并无绿叶更无花朵的树。

如果读书也能算是一个嗜好的话，我的唯一嗜好就是读书。

我读的书可谓多而杂，经史子集都涉猎过一点，但极肤浅。小学、中学阶段，最爱读的是“闲书”（没有用的书），比如《彭公案》、《施公案》、《济公传》、《三侠五义》、《小五义》、《东周列国志》、《说岳》、《说唐》等等，读得如醉似痴。《红楼梦》等古典小说是以后才读的。读这样的书是好是坏呢？从我叔父眼中来看，是坏。但是，我却认为是好，至少在写作方面是有帮助的。

至于哪几部书对我影响最大，几十年来我一贯认为是两位大师的著作：在德国是海因里希·吕德斯，我老师的老师；在中国是陈寅恪先生。两个人都是考据大师，方法缜密到神奇的程度。从中也可以看出我个人兴趣之所在。我禀性板滞，不喜欢玄之又玄的哲学。我喜欢能摸得着看得见的东西，而考据正合吾意。

吕德斯是世界公认的梵学大师，研究范围颇广，对印度古代碑铭有独到深入的研究。印度每有新碑铭发现而又无法读通时，大家就说："到德国找吕德斯去！"可见吕德斯权威之高。印度两大史诗之一的《摩诃婆罗多》从核心部分起，滚雪球似的一直滚到后来成型的大书，其间共经历了七八百年。谁都知道其中有不少层次，但没有一个人说得清楚。弄清层次问题的又是吕德斯。在佛教研究方面，他主张有一个"原始佛典"（Urkanon），是用古代半摩揭陀语写成的。我个人认为这是千真万确的事；欧美一些学者不同意，却又拿不出半点可信的证据。吕德斯著作极多，中短篇论文集为一书《古代印度语文论丛》。这是我一生受影响最大的著作之一。这书对别人来说，可能是极为枯燥的；但是，对我来说却是一本极为有味，极有灵感的书，读之如饮醍醐。

在中国，影响我最大的书是陈寅恪先生的著作，特别是《寒柳堂集》、《金明馆丛稿》。寅恪先生的考据方法同吕德斯先生基本上是一致的。不说空话，无证不信。两人有异曲同工之妙。我常想，寅恪先生从一个不大的切入口切入，如剥春笋，每剥一层，都是信而有征，让你非跟着他走不行，剥到最后，露出核心，也就是得到结论，让你恍然大悟：原来如此，你没有法子不信服。寅恪先生考证不避琐细，但决不是为考证而考证，小中见大，其中往往含着极大的问题。比如，他考证杨玉环是否以处女入宫。这个问题确极猥琐，不登大雅之堂。无怪一个学者说：这太 Trivial（微不足道）了。焉知寅恪先生是想研究李唐皇族的家风。在这个问题上，汉族与少数民族看法是不一样的。寅恪先生是从看似细微的问题入手，探讨民族问题和文化问题，由小及大，使自己的立论坚实可靠。看来这位说那样话的学者是根本不懂历史的。

在一次闲谈时，寅恪先生问我《梁高僧传》卷九《佛图澄传》中载有铃铛的声音“秀支替戾冈，僕谷劬秃当”是哪一种语言？原文说是羯语，不知何所指？我到今天也回答不出来。由此可见寅恪先生读书之细心，注意之广泛。他学风谨严，在他的著作中到处可以给人以启发。读他的文章，简直是一种最高的享受。读到兴会淋漓时，真想浮一大白。

中德这两位大师有师徒关系，寅恪先生曾受学于吕德斯先生。这两位大师又同受战争之害。吕德斯生平致力于Udānavarga之研究，几十年来批注不断。二战时手稿被毁。寅恪师生平致力于读《世说新语》，几十年来眉注累累。日寇入侵，逃往云南，此书丢失于越南。假如这两部书能流传下来，对梵学、国学将是无比重要之贡献。然而先后毁失，为之奈何！

书的好与坏

评断一本书的好与坏有什么标准呢？这可能因人而异。但是，我个人认为，客观的能为一般人都接受的标准还是有的。归纳起来，约略有以下几项：一本书能鼓励人前进呢，抑或拉人倒退？一本书能给人以乐观精神呢，抑或使人悲观？一本书能增加人的智慧呢，抑或增强人的愚蠢？一本书能提高人的精神境界呢，抑或降低？一本书能增强人的伦理道德水平呢，抑或压低？一本书能给人以力量呢，抑或使人软弱？一本书能激励人向困难作斗争呢，抑或让人向困难低头？一本书能给人以高尚的美感享受呢，抑或给人以低级下流的愉快？类似的标准还能举出一些来，但是，我觉得，上面这一些也就够了。统而言之，能达到问题的前一半的，就是好书。否则，若只能与后一半相合，这就是坏书。

比如池田大作先生的《人生箴言》，读了这一本书，谁都会承认，它能鼓励人前进；它能给人乐观精神；它能增加人的智慧；它能提高人的精神境界；它能增强人的伦理道德水平；它能给人以力量；它能鼓励人向困难作斗争；它能给人以高尚的美感享受。总之，在人生的道路上，它能帮助人明辨善与恶，明辨是与非；它能帮助人找到正确的道路，而不至迷失方向。

因此，我的结论只能是：这是一本好书。

如果有人认为我在上面讲得太空洞，不够具体，我不妨说得具体一点，并且从书中举出几个例子来。书中许多精辟的话，洋溢着作者的睿智和机敏。作者是日本蜚声国际的社会活动家，思想家，宗教活动家。在他那波澜壮阔的一生中，通过自己的眼睛和心灵，观察人生，体验人生，终于参透了人生，达到了圆融无碍的境界。书中的话就是从他深邃的心灵中撒出来的珠玉，句句闪耀着光芒。读这样的书，真好像是走入七宝楼台，发现到处是奇珍异宝，拣不胜拣。又好像是行在山阴道上，令人应接不暇。本书一人生中的第一段话，就值得我们细细地玩味："我认为人生中不能没有爽朗的笑声。"第二段话："我希望能在真正的自我中，始终保持不断创造新事物的创造性和为人们为社会作出贡献的社会性。"这是多么积极的人生态度，真可以振聋发聩！我自己已经到了耄耋之年。我特别欣赏这一段话："'老'的美，老而美——这恐怕是比人生的任何时期的美都要尊贵的美。老年或晚年，是人生的秋天。要说它的美，我觉得那是一种霜叶的美。”我读了以后，陡然觉得自己真“美”起来了，心里又溢满了青春的活力。这样精彩的话，书中到处都是，我不再作文抄公了。读者自己去寻找吧。

现在正是秋天。红于二月花的霜叶就在我的窗外。案头上正摆着这一部的译稿。我这个霜叶般的老年人，举头看红叶，低头读华章，心旷神怡，衰颓的暮气一扫而光，真不知老之已至矣。

选自《〈人生箴言〉序》，略有删改

藏书与读书

有一个平凡的真理，直到耄耋之年，我才顿悟：中国是世界上最喜藏书和读书的国家。

什么叫书？我没有能力，也不愿意去下定义。我们姑且从孔老夫子谈起吧。他老人家读《易》，至于韦编三绝，可见用力之勤。当时还没有纸，文章是用漆写在竹简上面的，竹简用皮条拴起来，就成了书。翻起来很不方便，读起来也有困难。我国古时有一句话，叫作“学富五车”，说一个人肚子里有五车书，可见学问之大。这指的是用纸做成的书，如果是竹简，则五车也装不了多少部书。

后来发明了纸。这一来写书方便多了；但是还没有发明印刷术，藏书和读书都要用手抄，这当然也不容易。如果一个人抄的话，一辈子也抄不了多少书。可是这丝毫也阻挡不住藏书和读书者的热情。我们古籍中不知有多少藏书和读书的故事，也可以叫作佳话。我们浩如烟海的古籍，以及古籍中所寄托的文化之所以能够流传下来，历千年而不衰，我们不能不感谢这些爱藏书和读书的先民。

后来我们又发明了印刷术。有了纸，又能印刷，书籍流传方便多了。从这时起，古籍中关于藏书和读书的佳话，更多了起来。宋版、元版、明版的书籍被视为珍品。历代都有一些藏书家，什么绛云楼、天一阁、铁琴铜剑楼、海源阁等等，说也说不完。有的已经消失，有的至今仍在，为我们新社会的建设服务。我们不能不感激这些藏书的祖先。

至于专门读书的人，历代记载更多。也还有一些关于读书的佳话，什么囊萤映雪之类。有人做过试验，无论萤和雪都不能亮到让人能读书的程度，然而在这一则佳话中所蕴含的鼓励人们读书的热情则是大家都能感觉到的。还有一些鼓励人读书的话和描绘读书乐趣的诗句。“书中自有颜如玉”之类的话，是大家都熟悉的，说这种话的人的“活思想”是非常不高明的，不会得到大多数人的赞赏。至于“四时读书乐”一类的诗，也是大家所熟悉的。可惜我童而习之，至今老朽昏聩，只记住了一句“绿满窗前草不除”，这样的读书情趣也是颇能令人向往的。此外如“红袖添香夜读书”之类的读书情趣，代表另一种趣味。据鲁迅先生说，连大学问家刘半农也向往，可见确有动人之处了。“雪夜闭门读禁书”代表的情趣又自不同，又是“雪夜”，又是“闭门”，又是“禁书”，不是也颇有人向往吗？

这样藏书和读书的风气，其他国家不能说一点没有；但是据浅见所及，实在是远远不能同我国相比。因此我才悟出了“中国是世界上最爱藏书和读书的国家”这一条简明而意义深远的真理。中国古代光辉灿烂的文化有极大一部分是通过书籍传流下来的。到了今天，我们全体炎黄子孙如何对待这个问题，实际上是每个人都回避不掉的。我们必须认真继承这个在世界上比较突出的优秀传统，要读书，读好书。只有这样，我们才能上无愧于先民，下造福于子孙万代。

抓紧时间多看书

最近若干年来，我实在忙得厉害，像50年代那样在教书和搞行政工作之余，还能有余裕的时间读点当时的文学作品的“黄金时代”一去不复返了。不过，幸而我还不能算是一个懒汉，在“内忧”、“外患”的罅隙里，我总要挤出点时间来，读一点北大青年学生的作品。《校刊》上发表的文学作品，我几乎都看。前不久我读到《北大往事》，这是北大70、80、90三个年代的青年回忆和写北大的文章。其中有些篇思想新鲜活泼，文笔清新俊逸，真使我耳目为之一新。中国古人说：“雏凤清于老凤声。”我——如果大家允许我也在其中滥竽一席的话——和我们这些“老凤”，真不能不向你们这一批“雏凤”投过去羡慕和敬佩的眼光了。

但是，中国古人又说：“满招损，谦受益。”我希望你们能够认真体会这两句话的含义。“倚老卖老”，固不足取，“倚少卖少”也同样是值得青年人警惕的。天下万事万物，发展永无穷期。人外有人，天外有天，“老子天下第一”的想法是绝对错误的。你们对我们老祖宗遗留下来的浩如烟海的文学作品必须有深刻的了解。最好能背诵几百首旧诗词和几十篇古文，让它们随时涵蕴于你们心中，低吟于你们口头。这对于你们的文学创作和人文素质的提高，都会有极大的好处。不管你们现在或将来是教书、研究、经商、从政，或者是专业作家，都是如此，概莫能外。对外国的优秀文学作品，也必实下一番工夫，简练揣摩。这对你们的文学修养是决不可少的。如果能做到这一步，则你们必然能融会中西，贯通古今，创造出更新更美的作品。

宋代大儒朱子有一首诗，我觉得很有针对性，很有意义，我现在抄给大家：

少年易老学难成，
一寸光阴不可轻。
未觉池塘春草梦，
阶前梧叶已秋声。

这一首诗，不但对青年有教育意义，对我们老年人也同样有教育意义。文字明白如画，用不着过多的解释。光阴，对青年和老年，都是转瞬即逝，必须爱惜。“一寸光阴一寸金，寸金难买寸光阴”，这是我们古人留给我们的两句意义深刻的话。

选自《〈燕园幽梦〉序》，略有删改

丢　书

我教了一辈子书，从中学教到大学，从中国教到外国，以书为命，嗜书成癖，积七八十年之积累，到现在已积书数万册，在燕园中成为藏书状元。

想当年十六七岁时，在济南北园白鹤庄读高中，家里穷，我更穷；但仍然省吃俭用，节约出将近一个月的伙食钱，写信到日本丸善书店，用“代金引换”的方式，订购了一本英国作家吉卜林的短篇小说，跋涉三十余里，到商埠邮局去取书，书到手中，如获至宝，当时的欢悦至今仿佛仍蕴涵于胸中。

后来到了清华大学，我的经济情况略有改进，因为爬格子爬出了点名堂，可以拿到稿费了；但是，总起来看，仍然是十分拮据的。可我积习难除，仍然节约出一个月的饭费，到东交民巷一个德国书店订购了一部德国诗人薛德林的全集，这是我手边最宝贵的东西，爱之如心头肉。

到了德国以后，经济每况愈下。格子无从爬起，津贴数目奇低。每月除了房租饮食之外，所余无几。但在极端困难的十年中，我仍然省吃俭用，积聚了数百册西文专业书。回国以后，托德国友人，历尽艰辛，从哥廷根运回北京，我当然珍如拱璧了。

在建国前的三年内，我在北京琉璃厂和东安市场结识了不少书肆主人。同隆福寺修绠堂经理孙助廉更是往来甚密，成为好友。我的一些旧书，多半是从他那里得到的。但往后，古籍被破坏，焚烧殆尽，旧日搜书之乐，已不可再得，只能在新书上打主意。

年来因种种原因，我自己买书不多，而受赠之书，则源源不绝。数年之间，已塞满了七间房子。以我这样一个书呆子，坐拥书城，焉得不乐！虽南面王不易矣。

然而，天底下闪光的东西，不都是金子。万万没有想到，我这一座看起来固若金汤的书城竟也有了塌陷之处。我过于相信别人，引狼入室，最近搬移书籍，才发现丢书惨重。一般单本书，丢了还容易补上。然而，《王力全集》丢了四本，《朱光潜全集》丢了三本，《宗白华全集》丢了两本，叫我到哪里去配！这当头一棒使我大梦初醒，然而已经晚了。当今世风不良，人心叵测，斯文中人竟会有这种行为。我已望九之年，竟还要对世道纷纭从幼儿园学起，不亦大可哀哉！孔乙己先生说：偷书不算是偷。对此我不敢苟同，我要同他“商榷”的。

我之所以写这一篇短文，是因为我想到，嗜书者必不在少数，如果还没有我这种经历，请赶快以我为鉴，在你的书房门口高悬一块木牌，上书四个大字：“闲人免进”。

选自《丢书》，略有删改

读点中外文学作品

列宁有两句众所周知的名言："只有用人类创造的全部知识财富来丰富自己的头脑，才能成为共产主义者。"（《共青团的任务》）什么叫"人类创造的全部知识财富"呢？顾名思义，内容一定是非常广泛的，但我想文学作品在其中应该占极其重要的地位。文学作品能增长人的知识，开阔人的眼界，给人以美的享受，能在潜移默化中陶冶人的性灵，提高人的文化修养和鉴赏水平。而没有这种修养是很难完成自己的工作的。

阅读文学作品是不是只限于文学青年呢？不，不是这样。我在这里不谈理论，只举两个现实的例子，因为现实的例证最有说服力。一个例证是北京一所搞工业的学院。院领导给学生开了一门有关唐诗宋词的课。原意只不过想给他们增加点中国文学的常识，结果却收到了完全为始料所不及的效果：青年学生学了这些诗词大为激动，大为兴奋，他们原来不十分知道我们伟大祖国竟有这样一些伟大的作家和作品。现在他们觉得祖国更加可爱了，无形中却成了一门最好的爱国主义教育的课程。此外，在陶冶性灵方面也起到了积极的作用。我们相信，这对他们以后搞纯技术的工作也会有很大帮助的。

另一个例证是一个钢琴家。他旅居国外，名震遐迩。外国的音乐批评家都说他的弹奏中有一种说不出的优美深刻、从容大度的风格，是欧美钢琴家所没有的，使听者耳目为之一新。这种风格是从哪里来的呢？这位钢琴家自己说，这得力于他的父亲，他年幼时，父亲每天让他背一首唐诗宋词之类的旧诗词。积之既久，心中烂熟的那几百首旧诗词对他心灵的陶冶，不觉形之于钢琴弹奏中，从而产生让人赞叹的效果。.

这两个例子生动地说明了，阅读文学作品不应只限于文学青年，其他各科的青年，不管学的是工程、技术，是自然科学，是房屋建筑，无一不需要读点文学作品。一般人的看法，认为学习理工的青年可以不必分心去读什么文学作品，这种看法是完全错误的。我们常常有这样的经验，走进一个家庭，走进一家旅馆，只要看一看他们房中的陈设，就可以知道，这家的主人和旅馆的主持人或建筑师有没有文化修养，文化修养是高还是低。至于园林的布置，建筑物的设计，更与这种修养有密不可分的联系，这是大家都承认的，用不着多说。有没有文化修养，文化修养之高与低，不但表现在上面说的这种情况上，也表现在一个人的言谈举止、应对进退上，有与没有，是高是低，给人的印象迥乎不同。

总而言之，我的用意只是想说，青年是我们未来希望之所寄托，他们的任务一是要不断提高自己的思想觉悟，由爱国主义、国际主义，进而走向共产主义，另一方面还要努力学习业务。除了自己专门的业务之外，一定要读一点中外文学作品，这同他们的终生事业有关，决不可以等闲视之。成为一个共产主义者是今天我们广大青年的抱负，但是想达到这个目的，光靠政治觉悟还是不够的，必须掌握“人类创造的全部知识财富”。

选自《〈中外文学书目答问〉序》，略有删改

读书妙趣

一、我和东坡词

几年前的一段亲身经历，至今回忆起来，历历如在目前；然而其中的一点隐秘，我却始终无法解释。

患了老年性白内障，要动手术。要说怕得不得了，还不至于；要说心里一点波动都没有，也不是事实。坐车到医院去的路上，同行的人高谈阔论，我心里有点忐忑不安，一点也不想参加，我静默不语，在半梦幻状态中，忽然在心中背诵起来了苏东坡的词：

明月几时有？把酒问青天。不知天上宫阙，今夕是何年。我欲乘风归去，又恐琼楼玉宇，高处不胜寒。起舞弄清影，何似在人间！　　转朱阁，低绮户，照无眠。不应有恨，何事长向别时圆？人有悲欢离合，月有阴晴圆缺，此事古难全。但愿人长久，千里共婵娟。

默诵完了一遍，再从头默诵起，最终自己也不知道，究竟默诵了多少遍，汽车到了医院。

在这样的时候，在这样的地方，我为什么单单默诵东坡这一首词，我至今不解。难道它与我当时的处境有什么神秘的联系吗?

在医院里住了几天，进行了细致的体验，终于把我送进了手术室。主刀人是施玉英大夫，号称“北京第一刀”，技术精湛，万无一失，因此我一点顾虑都没有。但因我患有心脏病，为了保险起见，医院特请来一位心脏科专家，并运来极大的一台测量心脏的仪器，摆在手术台旁，以便随时监测我心跳的频律。于是我就有了两位大夫。我舒舒服服地躺上了手术台。动手术的右眼虽然进行了麻醉，但我的脑筋是十分清楚的，耳朵也不含糊。手术开始后，我听到两位大夫慢声细语地交换着意见，间或还听到了仪器碰撞的声音。一切我都觉得很美妙。但是，我又在半梦幻的状态中，心里忽然又默诵起宋词来，仍然是苏东坡的，不是上面那一首，而是：

缥渺红妆照浅溪，薄云疏雨不成泥。送君何处古台西。

废沼夜来秋水满，茂陵深处晓莺啼。行人肠断草凄迷。

我仍然是循环往复地默诵，一遍又一遍，一直到走下手术台。

在这样的时候，在这样的地方，我为什么偏偏又默诵起词来，而且又是东坡的。其原因我至今不解。难道这又与我当时的处境有什么神秘的联系吗？

这样的问题，我无法解释。

但是，我觉得，如果真要想求得一个答复，也是有可能找得到的。

我不是诗词专家，只有爱好，不懂评论。可是读得多了，管窥蠡测，似乎也能有点个人的看法。现在不妨写了出来，供大家品评。

中国词家一向把词分为婉约与豪放两派。每一派中的诸作者也都各有特点，不完全是一个模样。在婉约派中，我最喜欢的是李后主、李易安和纳兰性德。在豪放派中，我最欣赏的是苏东坡。

原因何在呢？

我想提出一个真正的专家学者从来没有提过的肯定是野狐谈禅的说法。为了把问题说明白，我想先拉一位诗人来作陪，他就是李太白。我个人浅见认为，太白和东坡是中国几千年的文学史上两位最有天才的最伟大的作家。他们俩共同的特点是：为文如万斛泉涌，不择地而出，文不加点，倚马可待。每一首诗词，好像都是一气呵成，一气流转。他们写的时候，笔不停挥，欲住不能；我们读的时候，也是欲停不能，宛如高山滑雪，必须一气到底，中间决无停留的可能。这一种气或者气势，洋溢充沛在他们诗词之中，霈然不可抗御。批评家和美学家怎样解释这个现象，我不得而知，这现象是明明白白地存在着的，我则丝毫也不怀疑。

我在下面举太白的几首诗，以资对比：

长安一片月，
万户捣衣声。
秋风吹不断，
总是玉关情。
何日平胡虏，
良人罢远征。

明月出天山，
苍茫云海间。

长风几万里，
吹度玉门关。

蜀僧抱绿绮，
西下峨嵋峰，
为我一挥手，
如听万壑松。

你无论读上面哪一首诗，你能中途停下吗？真仿佛有一股力量，一股气势，在后面推动着你，非读下去不行，读东坡的词，亦复如是。这就是我独独推崇东坡和太白的原因。

这种想法，过去并没有明确地意识到过，它埋藏在我心中有年矣。白内障动手术是我平生一件大事，它触动了我的内心，于是这种想法就下意识地涌出来，东坡词适逢其会自然流出了。

我的文艺理论水平低，只能说出，无法解释，尚望内行里手有以教我。

二、我的美人观

说清楚一点，就是：我怎样看待美人。

纵观动物世界，我们会发现，在雌雄之间，往往是雄的漂亮、高雅，动人心魄，惹人瞩目。拿狮子来说，雄狮多么威武雄壮，英气磅礴。如果张口一吼，则震天动地，无怪有人称之为兽中之王。再拿孔雀来看，雄的倘一开屏，则遍体金碧耀目，非言语所能形容。仪态万方，令人久久不能忘怀。

但是，一讲到人美，情况竟完全颠倒过来。我们不知道，造物主囊中卖的是什么药。她（他，它）先创造人中雌（女人）。此时她大概心情清爽，兴致昂扬，精雕细琢，刮垢磨光。结果是创造出来的女子美妙、漂亮、悦目、闪光。她看到了自己的作品，左看右看，十分满意，不禁笑上脸庞。

但是，她立刻就想到，只造女人是不行的。这样怎么能传宗接代呢？必须再创造人中雌的对应物人中雄。这样创造活动才算完成。

这样想过，她立即着手创造人中雄。此时，她的心情比较粗疏，因此手法难以细腻。结果是，造出来的人中雄，一反禽兽的标格，显得有点粗陋。连她自己都并不怎样满意。但是，既然造出来了，就只能听之任之，不必再返工了。

到了此时，造物主老年忽发少年狂，决心在本来已经很秀丽、美妙、赏心悦目的人中雌中再创造几个出类拔萃、傲视群雌的超级美人。于是人类中就出现了西施、明妃、赵飞燕、貂蝉、二乔、杨贵妃、柳如是、董小宛、陈圆圆等等出类拔萃的超级美人。这样一来，在中国老百姓的中国史观中，就凭空增添了几分靓丽，几分滋润，几分光彩，几分清芬。

打油一首：

中华自古重美人，
西施貂蝉论纷纭。
美人只今仍然在，
各为神州添馨淳。

但是，我还是有问题的。世界文明古国，特别是亚洲文明古国，不止中国一个。为什么只有中国传留下来这么多超级美人，而别的国家则毫无所闻呢？我个人认为，这决不是一个无足轻重的问题。如果研究比较文化史，这个问题绝对躲不过去的。目前，我对于这个问题考虑得还不够深透。我只能说，中国老百姓的中国史观，是丰富多彩的，有滋有味的，不是一堆干巴巴的相斫书。

我现在越来越不安分了，越来胆子越大了。我想在太岁头上动一下土，探讨一下“美人”这个美字的含义。我没有研究过美学，只记得在很多年以前，中国美学论坛上忽然爆发了一场论战。我以一个外行人的身份，从窗外向论坛上瞥了一眼，只见专家们意气风发，舌剑唇枪争得极为激烈。有的学者主张，美是主观的。有的学者主张美是客观的。有的学者主张，美是主客观相结合的。像美这样扑朔迷离、玄之又玄的现象或者问题，一向难以得到大家一致同意的结论或者解释的。专家们讨论完了，一哄而散，问题仍然摆在那里，原封未动。

我想从一个我认为是新的观点中解决问题。我认为，美人之所以被称为美人，必然有其异于非美人者。但是，她们也只具有五官四肢，造物主并没有给她们多添上一官一肢，也没有挪动官肢的位置，只在原有的排列上卖弄了一点手法，使这个排列显得更匀称，更和谐，更能赏心悦目。

美人身上有多处美的亮点，我现在不可能一一研究。我只选其中一个最引人注意的来谈一谈，这就是细腰的问题。这是一个极老的问题；但是，无论多么古老，也古老不到蒙昧的远古。那时候，人类首要的问题是采集野果，填饱肚子。男女都整天奔波，男女的腰都是粗而又粗的。哪里有什么余裕来要妇女细腰呢？大概到了先秦时期，情况有了改变。《诗经》第一篇中的“苗条（窈窕）淑女，君子好逑”，苗条二字，无论怎样解释也离不开妇女的腰肢。先秦典籍中还有“楚王好细腰，宫中多饿死”的记载。可见此风在高贵不劳动的妇女中已经形成。流风所及，延续未断，可以说到今天也并没有停住。

中国古典诗词中，颇有一些描绘美人的文章。其中讲到美人的各个方面，细腰当然不会遗漏。我现在从宋词中选取几个例子，以见一斑。

1. 柳永《乐章集·木兰花》

酥娘一搦腰肢袅，回雪萦尘皆尽妙。几多狎客看无厌，一辈舞童功不到。星眸顾拍精神峭，罗袖迎风身段小。而今长大懒婆娑，只要千金酬一笑。

2. 柳永《乐章集·浪淘沙令》

有个人人，飞燕精神，急锵环佩上华茵。促拍尽随红袖举，风柳腰身。

3. 柳永《乐章集·合欢带》

身材儿、早是妖娆，算风措、实难描。一个肌肤浑似玉，更都来、占了千娇。妍歌艳舞，莺惭巧舌，柳妒纤腰。自相逢，便觉韩娥价减，飞燕声消。

4. 柳永《乐章集·少年游》

世间尤物意中人，轻细好腰身。

5. 秦观《淮海集·虞美人影》

妒云恨雨腰肢袅，眉黛不堪重扫。薄幸不来春老，羞带宜男草。

6. 秦观《淮海集·昭君怨》

隔叶乳鸦声软。啼断日斜阴转。杨柳小腰肢，画楼西。

7. 贺方回《万年欢》

吴都佳丽苗而秀，燕样腰身，按舞华茵。

8. 秦观《淮海集·满江红》

越艳风流，占天上、人间第一。须信道，绝尘标致，倾城颜色。

翠绡垂螺双髻小。柳柔花媚娇无力。笑从来，到处只闻名，今相识。

9. 辛弃疾《临江仙》

小靥人怜都恶瘦，曲眉天与长颦。沉思欢事惜腰身。枕添离别泪，粉落却深匀。

宋词里面讲到细腰的地方，大体就是这样。遗漏几个地方，无关大局，不影响我的推论。

中国其他古典诗词中，也有关于细腰的叙述。因为同我要谈的主要问题无关，我就不谈了。

我现在的首要任务是解释一下，为什么细腰这个现象会同美联系起来。简捷了当地说一句话，我是想使用德国心理学家 Lipps 的“感情移入”的学说来解决这个问题。比如说，你看一个细腰的美女走在你的眼前，步调轻盈，柔软，好像是曹子建眼中的洛神。你一时失神，产生了感情移入的效应，仿佛与细腰女郎化为一体，得大喜悦，飘飘欲仙了。真诚的喜悦，同美感是互相沟通的。

三、漫谈刘姥姥

我喜欢《红楼梦》，年轻时曾读过多遍。但我不是红学家。我站在红坛下，翘首仰望，只见坛上刀光剑影，论争极为激烈。我登坛无意，参战乏力，不揣谫陋，弄一点小玩意儿，为坛上战士助兴。

我想谈一谈刘姥姥。

在《红楼梦》中，刘姥姥只是一个顺便提到的人物。作者对她著墨不多，却活脱脱刻画出一个精通世故的农村老太婆。在第三十九回，写到刘姥姥来到了荣国府，送来了农村产的瓜果野菜，本来想当天就回去的。但是她却时来运转，得到了贾母的欢心，于是就留下多住了一些天。荣国府中，大观园内，那一群以贾母为首的老太太、太太、小姐、公子，甚至那一些上得台盘的大丫头，天天锦衣玉食，养尊处优，除了间或饮宴赋诗之外，互相也产生一些小矛盾，耍些小心眼，总而言之，生活是十分单调、呆板、寂寞、无聊。这样的生活环境，他们自己是无法改变的。现在忽然从天上掉下来一个乡下老婆子。鸳鸯首先打上了刘姥姥的主意，她笑着说："天天咱们说，外头老爷们，饮酒吃饭，都有个凑趣儿的。咱们今儿也得了个女清客了。"她是想捉弄一下刘姥姥，逗逗乐儿，让大家开一开心。在《红楼梦》里，凡是干坏事儿，几乎都有凤姐儿一份。这一次，她又同鸳鸯勾结，狼狈为奸。她们先拿给刘姥姥一双老年四楞象牙镶金的筷子，沉甸甸的，让她夹不起菜。事前又告诉她，要说些什么话。贾母一说：“请！”刘姥姥便站起身来，高声说道：“老刘！老刘！食量大如牛。吃个老母猪不抬头！”说完，鼓着腮帮子，两眼直视，一声不语。“上上下下都一齐哈哈大笑起来”。下面就是那一个有名的一个鸽子蛋值一两银子的故事，限于篇幅，我不再引了。

总之，刘姥姥这一次客串清客，获得了异常大的成功。大观园中这一群老太太、太太、小姐、公子，看到了在凤姐导演下的刘姥姥的表演，笑得前仰后合。对他们来说，这是极难得的机遇。刘姥姥则乘机饱餐一顿，真可谓皆大欢喜。

刘姥姥对自己表演的这个角色明白不明白呢？她完全明白。她对鸳鸯说：“姑娘说哪里的话？咱们哄着老太太开个心儿，有什么恼的。你先嘱咐我，我就明白了，不过大家取笑儿。我要恼，我就不说了。”不但刘姥姥心里明白，连作者也是清楚的。在第三十九回，作者写道：“刘姥姥虽是个村野人，却生来的有些见识，况且年纪老了，世情上经历过的，见头一件贾母高兴，第二件这些哥儿姐儿都爱听，便没话也编出些话来讲。”总之，我的印象是，荣国府里这些皇亲国戚，本来是想让刘姥姥出出丑，供他们喜乐。然而结果却是，表面上刘姥姥处处被动，实际上却处处主动，把这一群贵族玩弄于股掌之上。

我的结论，刘姥姥是《红楼梦》中最聪明的人。贾家破败时，抚养凤姐儿遗孤的就是刘姥姥。可见她又是一个忠厚诚恳的人。

四、评《家》

这是巴金的长篇小说《激流》的第一部，然而已经占了654页的篇幅。其余还要写几部（据此书“后记”：第二部定名为《群》），每部有若干字，我们很难预知。但揣想起来，量大方面一定会很惊人的罢。这，我们虽然不能就定为是本书的优点；最少对巴金先生的这种毅力，我们是极端钦佩的，尤其是在贫弱到无以复加的中国文坛上。

写了《灭亡》的巴金，的确曾给人们以希望。但是跟着来的，是轻微的不满足。眼看着巴金的名字在杂志上显露的次数一天天多起来，在人们的谈话里也时可以听到，而且接二连三地出着小说集，短篇的，长篇的。然而作品给人的印象只是空虚，虽然有时也露出努力挣扎的痕迹，结果仍然是空虚。一直到最近《家》的出版，我们才又看到我们希望所寄托的巴金——他已经有点儿变样了。

家，谁能没有家呢？据“后记”里说，这是描写一个正在崩坏的资产阶级的家庭的全部悲欢离合的历史。我们不必到意识检定所去受检定，我们之中的大部分，我敢说，都有被派为资产阶级的资格。人人都要有家，大部分人又有资产阶级的家。描写的不正是我们吗？在这里面，我们能发现个人的影子，其余的对我们也不生疏，因为，在家庭里，每日围绕着我们的就是这些影子。这大概就是我们读起来觉得很亲切的原因罢。

在这里，很奇怪地，我想到了《红楼梦》。胡适先生说，《红楼梦》描写的是大家庭的没落。在某一种观点看起来，他是对的。在《红楼梦》里，我们看到家庭分子间的倾轧，我们有宝玉，有被宝玉爱着的林黛玉。但是这是许多年前的事了。然而在现在的大多数的家庭里，我们仍然看见倾轧，我们仍然有变相的或自命的宝玉，有变相的林黛玉。周作人先生说，历史告诉你又要这样做了。真的，现在又要这样做了，就在这《家》里。

然而，也究竟有了不同。这家里有了觉慧那样的叛徒。他看穿了家庭的黑暗，他反抗，他毅然脱离家庭。虽然我们不能否认这种事情发生的可能，但是巴金把过量的英雄主义的色彩加到觉慧身上也是不可否认的事实。

在技术方面，这书与以前有着显然的不同，然却是比较的令人满意了。在以前，著者喜欢用的是冗长的句子和节段，给人的印象是沉重，有点儿近于笨滞。现在则比较轻松活泼，很有暗示的力量。然而（一件事情的长处往往就是它的短处）惟其这样，读起来总感到轻浮，不很沉着。这我没有别的话说，只好怪作者的修养不足了。

同巴金一样，我们之中大部分都是从这种家庭出来的。我们周围同样的是无边的黑暗，我们也看到有一股生活之激流在动荡，开创它自己的径路。巴金先生很客气地说，他不是说教者，他不能够明确地指出一条路来。但是，在这书里，我们却看到他藉了主人公觉慧指给我们的路，但是只指了一半。不管这路我们是否走得通。因为有了路，究竟能给我们勇气。就为这单纯的原因，我们希望《群》的出现。

选自《我和东坡词》《我的美人观》《漫谈刘姥姥》《巴金著长篇小说〈家〉（书评）》，略有删改

论写作

“作文或写文章有什么诀窍吗？据说是有的……《作文秘诀》之类的书，就是瞄准了学生的钱包，立章立节，东拼西凑，洋洋洒洒，神乎其神，实际上是一派胡言乱语。谁要想从里面找捷径，寻秘诀，谁就是天真到糊涂的程度，花了钱，上了当，赔了夫人又折兵。……想要写好文章，只能从多读多念中来。”季羡林先生如此说，也是如此做的，炼字、炼句、炼篇、求真……“板凳要坐十年冷，文章不写一句空”。

我的处女作

哪一篇是我的处女作呢？这有点难说。究竟什么是处女作呢？也不容易说清楚。如果小学生的第一篇作文就是处女作的话，那我说不出。如果发表在报章杂志上的第一篇文章是处女作的话，我可以谈一谈。

我在高中里就开始学习着写东西。我的国文老师是胡也频、董秋芳（冬芬）、夏莱蒂诸先生。他们都是当时文坛上比较知名的作家，对我都有极大的影响，甚至影响了我的一生。我当时写过一些东西，包括普罗文艺理论在内，颇受到老师们的鼓励。从此就同笔墨结下了不解缘。在那以后五十多年中，我虽然走上了一条与文艺创作关系不大的道路，但是积习难除，至今还在舞笔弄墨；好像不如此，心里就不得安宁。当时的作品好像没有印出来过，所以不把它们算作处女作。

高中毕业后，到北京来上大学，念的是西洋文学系。但是只要心有所感，就如骨鲠在喉，一吐为快，往往写一些可以算是散文一类的东西。第一篇发表在天津《大公报·文艺副刊》上，题目是《枸杞树》，里面记录的是一段真实的心灵活动。我19岁离家到北京来考大学，这是我第一次走这样长的路，而且中学与大学之间好像有一条鸿沟，跨过这条沟，人生长途上就有了一个新的起点。这情况反映到我的心灵上引起了极大的波动，我有点惊异，有点担心，有点好奇，又有点迷惘。初到北京，什么东西都觉得新奇可爱；但是心灵中又没有余裕去爱这些东西。当时想考上一个好大学，比现在要难得多，往往在几千人中只录取一二百名，竞争是异常激烈的，心里的斗争也同样激烈。因此，心里就像是开了油盐店，酸、甜、苦、辣，什么滋味都有。但是美丽的希望也时时向我招手，好像在眼前不远的地方，就有一片玫瑰花园，姹紫嫣红，芳香四溢。

这种心情牢牢地控制住我，久久难忘，永远难忘。大学考取了，再也不必担心什么了，但是对这心情的忆念却依然存在，最后终于写成了这一篇短文:《枸杞树》。

这一篇所谓处女作有什么值得注意的地方呢？同我后来写的一些类似的东西有什么关系呢？仔细研究起来，值得注意的地方还是有的，首先就表现在这篇短文的结构上。所谓结构，我的意思是指文章的行文布局，特别是起头与结尾更是文章的关键部位。文章一起头，必须立刻就把读者的注意力牢牢捉住，让他非读下去不可，大有欲罢不能之势。这种例子在中国文学史上是颇为不少的。我曾在什么笔记上读到过一段有关宋朝大文学家欧阳修写《相州昼锦堂记》的记载。大意是说，欧阳修经过深思熟虑把文章写完，派人送走。但是，他忽然又想到，文章的起头不够满意，立刻又派人快马加鞭，追回差人，把文章的起头改为“仕宦而至将相，富贵而归故乡，此人情之所荣，而今昔之所同也”，自己觉得满意，才又送走。

我想再举一个例子。宋朝另一个大文学家苏轼写了一篇有名的文章:《潮州韩文公庙碑》，起头两句是“匹夫而为百世师，一言而为天下法”。《古文观止》编选者给这两句话写了一个夹注:“东坡作此碑，不能得一起头，起行数十遭，忽得此两句，是从古来圣贤远远想入。”

这样的例子还可以举出一些，我现在暂时不举了。从这些例子中可以看出，我国古代杰出的文学家是以多么慎重严肃的态度来对待文章的起头的。

至于结尾，中国文学史上有同样著名的例子。我在这里举一个大家所熟知的，这就是唐代诗人钱起的《省试湘灵鼓瑟》。

这一首诗的结尾两句话是："曲终人不见，江上数峰青。"让人感到韵味无穷。只要稍稍留意就可以发现，古代的诗人几乎没有哪一篇不在结尾上下工夫的，诗文总不能平平淡淡地结束，总要给人留下一点余味，含吮咀嚼，经久不息。

写到这里，话又回到我的处女作上。这一篇短文的起头与结尾都有明显的惨淡经营的痕迹，现在回忆起来，只是那个开头，就费了不少工夫，结果似乎还算满意，因为我一个同班同学看了说："你那个起头很有意思。"什么叫"很有意思"呢？我不完全理解，起码他是表示同意吧。

我现在回忆起来，还有一件事情与这篇短文有关，应该在这里提一提。在写这篇短文之前，我曾翻译过一篇英国散文作家 L.P.Smith 的文章，名叫《蔷薇》，发表在 1931 年 4 月 24 日《华北日报•副刊》上。这篇文章的结构有一个特点。在第一段最后有这样一句话："整个小城都在天空里熠耀着，闪动着，像一个巢似的星圈。"这是那个小城留给观者的一个鲜明生动的印象。到了整篇文章的结尾处，这一句话又出现了一次。我觉得这种写法很有意思，在写《枸杞树》的时候有意加以模仿。我常常有一个想法：写抒情散文（不是政论，不是杂文），可以尝试着像谱乐曲那样写，主要旋律可以多次出现，把散文写成像小夜曲，借以烘托气氛，加深印象，使内容与形式彼此促进。这也许只是我个人的幻想，我自己也尝试过几次。结果如何呢？我不清楚。好像并没有得到知音，颇有寂寞之感。事实上中国古代作家在形式方面标新立异者，颇不乏人，欧阳修的《醉翁亭记》是一个有名的例子。现代作家，特别是散文作家，极少有人注重形式，我认为似乎可以改变一下。

“你不是在这里宣传‘八股’吗？”我隐约听到有人在斥责。如果写文章讲究一点技巧就算是“八股”的话，这样的“八股”我一定要宣传。我生也晚，没有赶上作八股的年代。但是我从一些清代的笔记中了解到八股的一些情况。它的内容完全是腐朽昏庸的，必须彻底加以扬弃。至于形式，那些过分雕琢巧伪的东西也必须否定。那一点想把文章写得比较有点逻辑性、有点系统性，不蔓不枝，重点突出的用意，则是可以借鉴的。写文章，在艺术境界形成以后，在物化的过程中注意技巧，不但未可厚非，而且必须加以提倡。在过去，八股中偶尔也会有好文章的。上面谈到的唐代钱起的《省试湘灵鼓瑟》就是试帖诗，是八股一类，尽管遭到鲁迅先生的否定，但是你能不承认这是一首传诵古今的好诗吗？自然，自古以来，确有一些名篇，信笔写来，如行云流水，一点也没有追求技巧的痕迹。但是，我认为，这只是表面现象。写这样的文章需要很深的工力，很高的艺术修养。我们平常说的“返朴归真”，就是指的这种境界。这种境界是极难达到的，这与率尔命笔，草率从事，完全不可同日而语。这决非我一个人的怪论，然而，不足为外人道也。

我的心是一面镜子

我以毕生心血倾全力搞的研究工作，写点抒情散文或杂文之类，是情动之中不能不抒发时“流”出来的。我从来没有意为文，“为觅新词强说愁”。因此我对自己写的这类东西，既偏爱，又不太重视。我从来不敢以作家自命。在文坛上或什么坛上获得的那一点青睐，在高兴之余我并不十分看重。在潜意识中，恐怕难免有点“雕虫小技”之感。

“我的心是一面镜子”，我看，谁的心都是一面镜子。不过，这一面镜子有大，有小；有明，有暗；有的有时明有时暗，有的总是明或总是暗；有的人意识到它，有的人没有意识到；有的人意识到而能反映出来，有的人意识到却反映不出来。在这花花世界，众相纷杂。在三千大千世界中，只要有动物的地方，就都会有这种现象。此事太玄远幽奥，恐怕只有无所不见无所不知的佛祖或上帝，也许再加天老爷，才能了知，我辈凡人大可以不必操这一份心了。

我现在只讲凡人的事，只讲我这个凡人的事。我决没有什么过人的地方，我不比别人多一只眼睛，多一个耳朵，多一颗心。但是，差堪自慰者，我不糊涂，或者不太糊涂，我敏感，我有感情。世界上的万事万物和芸芸众生，风花雪月，阴晴寒暑，一旦触及我的五官，就必然映现在我心里这一面镜子上。我这面镜子能辨邪正，分是非，能使魑魅魍魉现形，能使牛鬼蛇神无所逃遁。我对它是颇有自信的。物换星移，85 年于兹矣，它至今仍旧朗然。有时候，我无端会可怜起我这一面镜子来，它的负担实在太大太大了。从高中时起，我受了几位老师的影响和鼓励，开始舞笔弄墨。以后，虽然倾全力搞的是另一个行道，可是积习难除，每有所感，我的心这一面镜子每有什么映像，我自然而然地就会拿起笔描绘下来，我识人成千上万，游踪遍亚、欧、非三大洲。国内，国外，伟人，猛人，君子，小人，我无不接触。至于浩渺大洋，巍峨峻岭，瑰丽春花，晶莹秋月，夏日红荷，三冬冰雪，更是每年一度会面，从不爽约。所有这一切纷纭繁复的五光十色的人和物，都反映到我的心镜中。一旦心血来潮，也通过笔墨流到了纸上，装订成集。积之既久，我的所谓“作品”，数量也就颇为可观了。

选自《〈我的心是一面镜子〉自序》，略有删改

从拿来主义谈到借鉴

鲁迅先生的拿来主义是众所周知的。他明确表示："我们要拿来。我们要或使用，或存放，或毁灭。那么，主人是新主人，宅子也就会成为新宅子。然而首先要这人沉着，勇猛，有辨别，不自私。没有拿来的，人不能自成为新人，没有拿来的，文艺不能自成为新文艺。"鲁迅在这里明确提到文艺。他自己就是毕生从事于介绍外国文艺的工作，给我们树立了光辉的榜样。

毛主席也教导我们，必须继承一切优秀的文学艺术遗产，批判地吸收其中一切有益的东西，作为我们的借鉴，"有这个借鉴和没有这个借鉴是不同的，这里有文野之分，粗细之分，高低之分，快慢之分"。

就文艺而论，鲁迅的拿来主义也就是毛主席说的借鉴，二者的精神是相通的，都是大家所拥护的。

但是，怎样去理解这一教导的精神实质呢？为什么"没有拿来的，文艺不能自成为新文艺”呢？如何把这些意见贯彻到实际工作中去呢？在这里恐怕就产生了不同的理解，不同的看法。有一些看法是容易说清楚的，人们也敢于把这些看法说清楚的。另外有一些看法却不是这样。

就以拿来或借鉴来作例子吧。这里面就有容易说清楚的问题和不容易说清楚的问题。讲到拿来或者借鉴，不外有两个方面：一个是形式，或者艺术性；一个是内容，或者思想性。形式方面的拿来或者借鉴，是显而易见的，是容易说清楚的。这在世界文学史上先例很多。比如歌德的《浮士德》，里面一开头就有一个“舞台序曲”。大家都知道，这种形式是从印度拿来的。有人甚至说，伊朗古代的四行诗（Rubayiyat）和中国的绝句（不管是五言绝句或是七言绝句，都只有四行），也有姻缘关系。在这方面没见到什么有说服力的文章，不过有这样的猜测而已。至于中国五四运动时期的新文学作品，新诗、短篇小说、长篇小说、戏剧等都包括在内，在最初确实是模仿西方的作品，这是人人都承认的。鲁迅的短篇小说，从形式上来看，既不同于唐代的传奇，也不同于明代的《今古奇观》式的短篇小说，同《聊斋志异》也不一样。这是鲁迅从西方，特别是俄国，拿来的。这是一种旧形式，鲁迅在里面加上了新的内容，就成了崭新的带有民族气息的作品。

但是，说到内容，问题就不这样简单，问题就不大容易说得清楚。我们究竟应该从外国文学作品中“拿”些什么样的内容“来”呢？即使在外国文学作品中是精华的东西，对今天的我们来讲，主要还是认识的意义，我们也决不会直接就拿来的。比如印度史诗《罗摩衍那》中那些唯物主义的思想，那些蔑视命运、批判腐朽的封建道德的思想，在当时当地，确实是凤毛麟角，十分难能可贵，确实是民主性的精华。但是我们还需要把这些思想直接拿来做为借鉴吗？毛主席所说的“文野之分，粗细之分，高低之分，快慢之分”，重点是否主要是放在形式方面呢？

与拿来主义或者借鉴有关的问题，并不限于上面说的这一些。比如欣赏问题，也是很值得探讨的一个问题。清代诗人赵瓯北（翼）有一首脍炙人口的论诗绝句：“李杜诗篇万口传，至今已觉不新鲜。江山代有才人出，各领风骚数百年。”他的意见，我只同意一部分，这就是，文学必须随时创新，不能老是墨守成规。但是，他说李杜的诗篇已经不新鲜，恐怕与事实不符。赵瓯北的“至今”是指 18 世纪末叶或 19 世纪初叶，到现在已经快二百年了。可是李杜的许多诗篇到今天还能引起人们感情方面的共鸣，难道说这不是事实吗？为什么阶级不同、时代不同、国家不同、民族不同，而文学作品却照样得到人们的欣赏呢？马克思讲到古代许多神话有“永久的魅力”，这话又应该怎样去理解呢？

类似这样的例子还可以举出很多来，我就不再举下去了。因为，我在这里没有提出什么新鲜的见解，我的目的也不在于提出什么新鲜的见解，我只想提出一些问题，特别是不容易说清楚或不敢说清楚的问题。我只想提出一个愿望，就是把这些问题说清楚。我们从事于文学研究工作的人不应该甘居下游，我们应该敢于提出一些新的问题，敢于对某一些旧的以前不敢碰的问题提出自己的见解。那种墨守成规、固步自封、谨小慎微、万马齐喑的局面再也不能继续下去了。

选自《从拿来主义到借鉴》，略有删改

要反映社会中的新风气[①]

我今天来，一是想听听，听听大家的意见；一是想看看，看看老朋友，没有准备发什么言。我写东西的时间不算短了，到现在已经有五十多年了。可我总感觉到自己是个外行，是个客串，我不敢讲自己是个作家。

听了几位同志的意见，对我启发很大。我想先讲个故事。以前我在清华大学读书，有个教授，名叫叶公超。他当时教我们英文，说自己研究散文。他对我们灌输，说世界上只有英国有散文，别的国家都不行。法国蒙泰恩，勉强对付。我们当时的大学生脑子比较简单，所以就信了他的话。后来经过好多年，我觉得这说法不大对头，我发现，真正有悠久散文传统的还是中国。刚才冰心同志讲到的《古文观止》是散

① 本篇为作者 1981 年 11 月 13 日在《文艺报》召开的“散文创作座谈会”上的发言。

文，我看还可以扩大一些。在经史子集中，我看这各集都是散文，至少里边有很大一部分是散文。我们中国才真正是一个散文的国家。因此，我们现在的散文的成就应当大一些。可是现在情况怎么样呢？刚才有同志讲，成绩没有小说大，我因为读得少一些，不敢乱说。我们应有这么一个雄心壮志，把散文这个题材搞得比现在更好一些。但怎么搞好呢？刚才夏衍同志说，报告文学要真实，散文要清新，我觉得这个意见很精辟。不过，我还想补充一下，我有个偏见，我认为小说可以虚构，不虚构不行；可散文不能虚构，报告文学也不能虚构。有的同志会问，《桃花源记》算不算散文？它是不是虚构的？我说它是虚构的，因此不能算是散文，而是小说。魏晋南北朝时期有这种文体。鲁迅的《一件小事》，你说它是小说也行，但我看是很好的散文，它里面没有什么故事性，抒情的成分比较大一些。所以，这里面没有什么标准。写散文，其实有两个方面，一个是事实的真实。这一点上面已经说过。一个是感情的真实。看见了一个人，看见一件事，看见一片风景，如果没有使你感动，那你就不要写，勉强写一定写不好，自己都不感动，怎么会感人呢？今天我们这个社会里，大家只要注意，确有很多感人的东西，周总理不必说了，像彭德怀同志，过去我们不大理解，后来他身边工作人员写了回忆，很感人。我们许多老同志有不少感人的事迹，可是，前一段我们的宣传有偏差，使人产生了一点误解。这几天，不是有几个青年人，一个是不远千里去为人作女儿，一个是为人作儿子，你说这不是新东西吗？新风气吗？我们社会中的新风气多极了，就看你看不看。你如果真正看，一定会得到鼓舞，有了创作的欲望，你就写，才能达到好的社会效果。艺术性也很重要，叶老、健吾都讲了风格等，这都是值得研究的。我觉得艺术上应继承我们的传统，一个人一个风格。刚才，健吾同志举了好多英国人的名字，英国确实是出了不少散文作品的。法国有蒙泰恩，但像这样的作家不太多，德国好像就没听说谁是散文家，这些国家是不一样，但我们也应借鉴。再加上我们今天这个社会基础，就很有可能把我们的散文搞上去。我这个人有点儿眼高手低，看别人的东西，很少有看得上的，但自己又不行。要求很高，好像很空洞，可我看也不那么空洞，它很具体。

我觉得散文跟诗很相近，有类似之处。我在一个地方曾讲过，写散文应当用写诗的办法来写。我又说写散文应该用写交响乐那样的方法来写。我做不到这一步，别人恐怕也要努力。我这种想法不知对不对。我写不好，但对散文劲头很大，很喜欢，现在中国的、外国的散文我还都看。我虽然写了五十多年，但至今仍然是一个学徒。我一定要努力不息，坚持不懈，学习古今中外的好散文。只要我受到感动，受到启发，还是要动笔写一点的。

选自《要反映社会中的新风气》，略有删改

语言与文字

人之所以异于禽兽者，其道多端。人类先有了语言，后又有了文字，而禽兽则没有，这是重要区别之一。现在国外有个别的语言学家在研究禽兽的语言，响应者不多。这个问题我在这里先不讨论。

我们每个人，除了哑巴以外，总要经常说话。认字的人还要经常使用文字，这和阳光和空气一样，和吃饭与睡觉一样，是离不开的。

但是，有一个现象却往往为非语言学家所忽略，这就是：语言和文字，只要还活着，也就是说还被人使用，就存在不停的变化。中国文字从甲骨文到钟鼎文，到大篆，到小篆，到隶书，到楷书、行书、草书，就是最有力的证明。语言亦然，不必细说。为了更轻易地提高人民的文化水平，促进经济的发展，在某一个时期内，由官方采用行政命令的办法，使文字统一和规范化，这是无可非议的，合情合理的。中外历史上都不乏先例，秦始皇的“书同文”是一个最有名的例子。我们今天汉字规范化，是经过完备的法律程序通过的，我们全国人民责无旁贷，遵守是我们的义务，是奉公守法的表现。

但是，从长期来看，比如说二三百年，或者更长的时间，语言和文字都必须变化，这是完全可以肯定的。变是绝对的，不变是相对的，除非你把语言和文字都搞成化石。

世界上最关心自己语言“纯洁化”的是法国。几百年来，法兰西学院不断地作出努力，保持法语的“纯洁”，然而法语，同其他语言一样，不断受到“污染”，变得不“纯洁”起来。这件事是不以人的主观愿望为转移的。

最近我收到一位X（我不知道他是老中青，姑以X代之）学者的来信。他是个有心人，一个有志之士，想努力保持汉语的规范化，是一位值得尊敬的人。

但是，他有点“食今不化”，不了解语言和文字都不会停滞不变的道理，想使我们今天的规范化字永垂不朽，变成化石。比如在今天的汉语词典上，“矇眬”和“朦胧”确实分列为两个词儿，前者的解释是“快要睡着或刚醒时，两眼半开半闭，看东西模糊的样子”。对后者的解释是“月光不明，不清楚，模糊”。其实基本的含义就是“模糊”。如果说“矇眬”与眼有关，而“朦胧”与月色有关，那么，对一个瞎子来说，他既无“矇眬”，又无“朦胧”。如果他写文章（当然是用盲文），他应该用哪一个词儿呢？鲁迅先生的《三闲集》中有一篇文章《醉眼中的朦胧》，这确与眼睛有关，然而他却写作“朦胧”，而非“矇眬”。根据我的印象，“矇眬”这两个字，现在很少有人用，它几乎成为汉语词汇中的盲肠。这位学者硬要勉强区分，“可怜无补费精神”。

这位学者还举出了一些别的例子，限于篇幅，我就不举了。他为了勘误，“写了几百封信，连作者面也不得到（羡林按：此句措词有问题，也应该‘勘一勘’的）……而大量的书一印再印，几万几十万甚至几百万册，流向社会传之后代，真是贻害无穷，简直是践踏我们五千年的璀璨文化，使大家都当上不孝之（羡林按：应作子）孙败类。这大概不是各位弄学问的大家所心甘情愿的吧？！”这真是石破天惊之论，令我浑身震撼。然而“五千年”中，我们的语言文字变了多少次了？我们全体汉族人民，加上我们的老祖宗，岂不都成了不肖子孙败类了吗？

语言混乱数例

写文章，是交流思想，传达信息的重要手段。要想交流、传达得准确忠实，就必须注意语法修辞，不能望文生义，数典忘祖，甚至生编硬造，写出一些除了自己谁也不懂的词句。

我先举几个例子。

今年2月20日，一家大报在头版刊出一篇文章:《盼着减少这类现象》。内容是：饭馆取消了酒升酒杯的押金，储蓄所里准备了老花镜，“值得称赞”。作者笔锋一转，写道:“不过，在服务性行业的工作前进一步之后，差强人意的现象时有发生，朝外大街民众饺子馆的一半酒升不翼而飞，三里屯储蓄所里的三副花镜也长了翅膀。”问题出在“差强人意”这四个字上。这个典故出于《后汉书》卷十八《吴汉传》,《现代汉语词典》的解释是:“大体上还能使人满意。”酒升被偷，花镜被窃，还能令人大体上满意，岂不骇人听闻！要给作者上一上纲的话，他不是在号召鼓励大家来干这种“大体上还能使人满意的”勾当吗?

第二个例子出在本年5月18日另一家报纸上，文章的题目是《莫要“等到整党时再说”》。其中有一句话:“此言差矣，不足为取。”我猜想，作者是想说:“不足为训”或者“殊不可取”。结果把二者混了起来，写出了“不足为取”这样怪的句子。

第三个例子也出在一家大报上，时间是今年5月24日。有一篇文章叫《春天的风》。讲的是小学生正在召开中队会:“一张张红扑扑的面庞神情专注，扑朔迷离。”“扑朔迷离”，在这里是什么意思呢?我真有点扑朔迷离了。大家都知道，这个典故出于《木兰诗》，意思是“比喻事物错综复杂，难于辨别”。同小学生的面庞联系在一起，我百思不得其解。

语言总是在不断地变化着，要它不变是不可能的。但是人们也总是在想方设法，使它规范化；否则各行其是，语言就陷入混乱，不再成为交流思想的工具。一方面要变，一方面又要规范化，这就是语言发展的矛盾。对我们来说，应该力求遵守规范，避免混乱。

作品的人性

最近翻看宋人笔记，发现一条内容基本相同只是稍有改变的笔记，竟出现在八本书中。我现在从宋赵与旹的《宾退录》卷九中把这条笔记抄在下面：

读诸葛孔明《出师表》而不堕泪者，其人必不忠。读李令伯《陈情表》而不堕泪者，其人必不孝。读韩退之《祭十二郎文》而不堕泪者，其人必不友。

这给我们提出了一个值得深思的问题。这条笔记始作俑者是谁，我想，我们不必去深究。既然它出现在几本书中，可见它触到了一些人的灵魂，引起了共鸣。我们今天读了，仍然会在不同程度上引起共鸣。至少是我自己，还有我认识的一些朋友，读了《出师表》、《陈情表》和《祭十二郎文》，确有想堕泪之意。这几篇古典文学作品确实触碰到了我们内心中的某一些地方，震撼了我们的灵魂，使我们受到感动，得到了“净化”。

但是，最近四五十年以来，我们的唯物主义的文艺理论告诉我们：文学作品是有阶级性的，是有时代性的，是有民族性的。《红楼梦》中贾府上的焦大不会喜欢林妹妹，事实昭著，不容否认。这一套唯物主义文艺理论，有其正确之处，也不容否认。

连不可能是历史唯物主义者的清代诗人赵瓯北也高唱：“江山代有才人出，各领风骚数百年。”可是中国文学的发展却在一定程度上否定了赵瓯北的论点。李杜文章到了现代，经过了不是数百年，而是一千多年，仍然很“新鲜”。像李白、杜甫，中国还有一些诗人和散文家，诸葛亮、李密和韩愈就属于这一些人。外国也有一些作家和作品，可以归入这个范畴。

这些作家和作品的阶级性、时代性和民族性哪里去了呢？我个人觉得，倒是马克思主义的老祖宗马克思敢于说：希腊神话有永恒的魅力。

最现成最合理的解释就是，在承认文学作品的阶级性、时代性和民族性的同时，还承认一个贯通这些性，或者高踞于这些性之上的性：人性。我这种说法或者想法，在文艺理论家眼中，也只能是文艺理论幼儿园的水平。我偶然读到宋人的笔记，心有所感，不避幼儿园之讥，写了以上这许多话。

选自《漫谈文学作品的阶级性、时代性和民族性》，

略有删改

散文的价值

自从有了文学史以来，散文就好像是受到了歧视。一般人谈论起文学类别来，也往往只谈诗歌、小说、戏剧这“老三样”。即使谈到散文，也令人有“敬陪末座”之感。

这是非常不公平的，然而有其原因。

一般讲到散文的应用，不外抒情与叙事两端。抒情接近诗歌，而叙事则邻近小说。散文于是就成了动物中的蝙蝠，亦鸟亦兽，非鸟非兽。在文学大家庭中，仿佛成了童养媳，难乎其为文矣。

不管是抒情，还是叙事，散文的真精神在于真实。抒情要真挚动人而又不弄玄虚；叙事不容虚构而又要有文采，有神韵。可是有一些人往往是为了消遣而读书。文学作品真实与否，在所不计。即使是胡编乱侃，只要情节动人，能触他们灵魂深处的某一个并不高明的部位，使他们能够得到一点也并不高明的快感，不用费脑筋，而又能获得他们认为的精神享受，在工作之余，在飞机上，在火车中，一卷在手，其乐融融，阅毕丢掉，四大皆空。

散文担当不了这个差使。于是受到歧视。

倘若把文学分为阳春白雪与下里巴人的话，散文接近阳春白雪。真要欣赏散文，需要一定的基础，一定的艺术修养。虽然用不着焚香静坐，也要有一定的环境。车上，机上，厕上，不是适宜的环境。

你是不是想把散文重新塞进象牙之塔，使它成为小摆设，脱离广大的群众呢？敬谨答曰：否。我只是想说，文学作品都要能给读者一点美感享受。否则文学作品就会失去它的社会意义。但是，美感享受在层次上是不尽相同的。散文给予的美感享受应该说是比较高级的美感享受，是真正的美感享受。它能提高人的精神境界，洗涤人的灵魂。像古希腊的悲剧，它能使人“净化”；但这是一种性质完全不同的净化。

写到这里，我必须谈一谈一个对散文来说是非常重要的问题：身边琐事问题。在中国文学史上，一直到近现代，最能感动人的散文往往写的都是身边琐事。即以本书而论，入选的中国散文中有《陈情表》、《兰亭集序》、《桃花源记》、《别赋》、《三峡》、《春夜宴诸从弟桃李园序》、《祭十二郎文》、《陋室铭》、

《钴鉧潭西小丘记》、《醉翁亭记》、《秋声赋》、《前赤壁赋》、《黄州快哉亭记》等等宋以前的散文名篇，哪一篇不真挚动人，感人肺腑？又哪一篇写的不是身边琐事或个人的一点即兴的感触？我们只能得到这样一个结论：只有真实地写真实的身边琐事，才能真正拨动千千万万平常人的心弦，才能净化他们的灵魂。宇宙大事，世界大事，国家大事当然能震撼人心。然而写这些东西，如果掌握不好，往往容易流于假、大、空、废“四话”。四话一出，真情必隐，又焉能期望这样的文章能感动人呢？

在这一点上，外国的散文也同中国一样。只要读一读本书中所选的外国作家的散文，就能够一目了然，身边琐事和个人一点见景生情而萌生的小小的感触，在这些散文中也占重要的地位，我就不再细谈了。

谈到外国散文，我想讲一个有趣的现象。在世界上许多国家，特别是那几个文化大国中，文学创作都是非常繁荣昌盛的，诗歌、小说和戏剧的创作都比较平衡。一谈到散文，则不尽如此。有的国家散文创作异常发达，有的国家则比较差，其间的差距是非常令人吃惊的。比如，英国是散文大国，这一点是大家都承认的。这里的散文大家灿若列星，一举就能举出一连串的光辉的名字。法国次之，而德国则几乎找不出一个专以散文名家的大家。原因何在呢？实在值得人们仔细思考而且探讨。

曾经有很长一段时间，我认为英国是世界上唯一的，至少是最大的散文大国。我在大学里读的是西洋文学。教我们英国散文的教授把英国散文说得天花乱坠。我读了一些，也觉得确实不错。遥想英国人坐在壁炉前侃天说地的情景，娓娓而谈，妙趣横生，真不禁神往。愧我愚鲁，感觉迟钝，一直到很晚的时候，我才憬然顿悟：远在天边，近在眼前，世界上真正的散文大国其实就是中国。在“经”中间有好散文，在“史”和“子”中，绝妙的散文就更多。在“集”中，除了诗歌以外，几乎都是散文。因此，无论从质上，还是从量上，以及从历史上悠久上来看，中国都是当之无愧的世界第一。事情难道不是这个样子吗？

我还想从另外一个角度上来说明中国散文的优越性。自从五四倡导新文学以来，我们已经取得了辉煌的成就，诗歌、小说、戏剧、散文四管齐下，各有独特的成绩。有人提出了一个问题：这四个方面，哪一方面成就最大？言人人殊，不足为怪。我不讨论这个论争。但是有人说，四者中成就最大的是散文。我不评论这个看法的是非曲直；但是我觉得，这种看法是非常深刻，很有启发性的。专就形式而论，诗歌模仿西方是尽人皆知的事实，而小说，不管是长篇还是短篇，哪里有一点《三国》、

《水浒传》、《红楼梦》和唐代传奇、《今古奇观》、《聊斋》等的影子？它们已经“全盘西化”了。至于戏剧，把中国戏剧置于易卜生等的戏剧之中，从形式上来看，还有一点关汉卿等等的影子吗？我不反对“西化”，我只是指出这个事实。至于散文，则很难说它受到了多少西方影响，它基本是中国的。我个人认为，这同中国是世界最大的散文国家这个事实，有密切关系。如果在这个意义上来说中国现代散文成就最大，难道还能有什么理由来批驳吗？

既然把散文摆上了这样高、这样特殊的位置，散文，特别是中国散文的特点究竟何在呢？有人说，散文的特点就在一个“散”字，散文要松松散散。愿意怎样写，就怎样写；愿意写到什么地方，就写到什么地方。率意而行，一片天机，挥洒自如，如天马行空。何等潇洒！何等自如！我对这种说法是有怀疑的。如果不是英雄欺人，就是完全外行。现在确实有些散文确实“散”了，但是散得像中小学生的作文。这样的东西也居然皇皇然刊登在杂志上，我极不理解。听说，英国现代个别作家坐在咖啡馆里，灵感忽然飞来，于是拿起电话，自己口述，对方的秘书笔录，于是一篇绝妙文章就此出笼。这是否是事实，我不敢说。反正从中国过去的一些笔记中看到的情况与此截然相反。一些散文大家，一些散文名篇，都是在长期锻炼修养的基础上，又在“意匠惨淡经营中”的情况下，千锤百炼写出来的。尽管有的文章看起来如行云流水，舒卷自如，一点费力的痕迹都没有，背后隐藏着多么大的劳动，只有作者和会心人了解，实不足为外人道也。

以上就是我对中国散文和世界散文的一点肤浅的看法。我自己当然认为是正确的，否则就不会写出来。至于究竟如何，这要由读者来判断了。

选自《〈世界散文精华〉序》，略有删改

作文的“诀窍”

一

当年，我还是学生时，从小学到大学，都有“国文”一门课，现在似乎是改称“语文”了。国文课中必然包括作文一项，由老师命题，学生写作。然后老师圈点批改，再发还学生，学生细心揣摩老师批改处，总结经验，以图进步。大学或其他什么学一毕业，如果你当了作家，再写作，就不再叫作文，而改称写文章，高雅得多了。

作文或写文章有什么诀窍吗？据说是有的。旧社会许多出版社出版了一些“作文秘诀”之类的书，就是瞄准了学生的钱包，立章立节，东拼西凑，洋洋洒洒，神乎其神，实际上是一派胡言乱语，谁要想从里面找捷径，寻秘诀，谁就是天真到糊涂的程度，花了钱，上了当，“赔了夫人又折兵”。

据我浏览所及，古今中外就没有哪一位大作家真正靠什么秘诀成名成家的。记得鲁迅或其他别的作家曾说过，“作文秘诀”一类的书是绝对靠不住的。想要写好文章，只能从多读多念中来。清代的《古文观止》或《古文辞类纂》一类的书，大概就是为了这个目的而编选的。结果是流传数百年，成为家喻户晓的书，我们至今尚蒙其利。

我从小就背诵《古文观止》中的一些文章，至今背诵上口者尚有几十篇。从小学一直到高中前半，写作文用的都是文言。在小学时，作文不知道怎样开头，往往先来上一句“人生于世”，然后再苦思苦想，写下面的文章。写的时候，有意或无意，模仿的就是《古文观止》中的某一篇文章。

在读与写的过程中，我逐渐悟出了一些道理。现在有人主张，写散文可以随意之所之，愿写则写，不愿写则停，率性而行，有如天马行空，实在是潇洒之至。这样的文章，确实有的。但是，读了后怎样呢？不但不如天马行空，而且像驽马负重，令人读了吃力，毫无情趣可言。

古代大家写文章，都不掉以轻心，而是简练揣摩，惨淡经营，句斟字酌，瞻前顾后，然后成篇，成为一件完美的艺术品。这一点道理，只要你不粗心大意，稍稍留心，就能够悟得。欧阳修的《醉翁亭记》，通篇用“也”字句，不是一个最明显的例子吗？

元刘壎的《隐居通议》卷十八讲道：古人作文，俱有间架，有枢纽，有脉络，有眼目。这实在是见道之言。这些间架、枢纽、脉络、眼目是从哪里来的呢？回答只有一个，从惨淡经营中来。

二

对古人写文章，我还悟得了一点道理：古代散文大家的文章中都有节奏，有韵律。节奏和韵律，本来都是诗歌的特点；但是，在优秀的散文中也都可以找到，似乎是不可缺少的。节奏主要表现在间架上。好比谱乐谱，有一个主旋律，其他旋律则围绕着这个主旋律而展开，最后的结果是：浑然一体，天衣无缝。读好散文，真如听好音乐，它的节奏和韵律长久萦绕停留在你的脑海中。

最后，我还悟得一点道理：古人写散文最重韵味。提到"味"，或曰"口味"，或曰"味道"，是舌头尝出来的。中国古代钟嵘《诗品》中有"滋味"一词，与"韵味"有点近似，而不完全一样。印度古代文论中有 rasa（梵文）一词，原意也是"口味"，在文论中变为"情感"(sentiment)。这都是从舌头品尝出来的"美"转移到文艺理论上，是很值得研究的现象。这里暂且不提。我们现在常有人说："这篇文章很有味道。"也出于同一个原因。这“味道”或者“韵味”是从哪里来的呢？细读中国古代优秀散文，甚至读英国的优秀散文，通篇灵气洋溢，清新俊逸，决不干瘪，这就叫做“韵味”。一篇中又往往有警句出现，这就是刘壎所谓的“眼目”。比如骆宾王《为徐敬业讨武曌檄》中的“一抔之土未干，六尺之孤何托！”两句话，连武则天本人读到后都大受震动，认为骆宾王是一个人才。王勃《滕王阁序》中有两句：“落霞与孤鹜齐飞，秋水共长天一色。”也使主人大为激赏，这就好像是诗词中的炼字炼句。王国维说：有此一字而境界全出。我现在把王国维关于词的“境界说”移用到散文上来，想大家不会认为唐突吧。

纵观中国几千年写文章的历史，在先秦时代，散文和赋都已产生。到了汉代，两者仍然同时存在而且同时发展。散文大家有司马迁等，赋的大家有司马相如等等。到了六朝时代，文章又有了新发展，产生骈四俪六的骈体文，讲求音韵，着重词彩，一篇文章，珠光宝气，璀璨辉煌。这种文体发展到了极端，就走向形式主义。韩愈“文起八代之衰”，指的就是他用散文，明白易懂的散文，纠正了骈体文的形式主义。从那以后，韩愈等所谓“唐宋八大家”的文章，就俨然成为文章正宗。但是，我们不要忘记，韩愈等八大家，以及其他一些家，也写赋，也写类似骈文的文章。韩愈的《进学解》，欧阳修的《秋声赋》，苏轼的前后《赤壁赋》等等，都是例证。

这些历史陈迹，回顾一下，也是有好处的。但是，我要解决的是现实问题。

三

我要解决什么样的现实问题呢？就是我认为现在写文章应当怎样写的问题。

就我管见所及，我认为，现在中国散文坛上，名家颇多，风格各异。但是，统而观之，大体上只有两派：一派平易近人，不求雕饰；一派则是务求雕饰，有时流于做作。我自己是倾向第一派的。我追求的目标是：真情流露，淳朴自然。

我不妨引几个古人所说的话。元盛如梓《庶斋老学丛谈》卷中上说："晦庵（朱子）先生谓欧苏文好处只是平易说道理。……又曰：作文字须是靠实说，不可架空细巧。大率七八分实，二三分文。欧文好者，只是靠实而有条理。"

上引元刘壎的《隐居通议》卷十八说："经文所以不可及者，以其妙出自然，不由作为也。左氏已有作为处，太史公文字多自然。班氏多作为。韩有自然处，而作为之处亦多。柳则纯乎作为。欧、曾俱出自然。东坡亦出自然。老苏则皆作为也。荆公有自然处，颇似曾文。唯诗也亦然。故虽有作者，但不免作为。渊明所以独步千古者，以其浑然天成，无斧凿痕也。韦、柳法陶，纯是作为。故评者曰：陶彭泽如庆云在霄，舒卷自如。”这一段评文论诗的话，以“自然”和“作为”为标准，很值得玩味。所谓“作为”就是“做作”。

我在上面提到今天中国散文坛上作家大体上可以分为两派，与刘壎的两个标准完全相当。今天中国的散文，只要你仔细品味一下，就不难发现，有的作家写文章非常辛苦，“作为”之态，皎然在目。选词炼句，煞费苦心。有一些词还难免有似通不通之处。读这样的文章，由于“感情移入”之故吧，读者也陪着作者如负重载，费劲吃力。读书之乐，何从而得？

在另一方面，有一些文章则一片真情，纯任自然，读之如行云流水，毫无扞格不畅之感。措词遣句，作者毫无生铸硬造之态，毫无“作为”之处，也是由于“感情移入”之故吧，读者也同作者一样，或者说是受了作者的感染，只觉得心旷神怡，身轻如燕。读这样的文章，人们哪能不获得最丰富活泼的美的享受呢？

我在上面曾谈到，有人主张，写散文愿意怎样写就怎样写，愿写则写，愿停则停，毫不费心，潇洒之至。这种纯任“自然”的文章是不是就是这样产生的呢？不，不，决不是这样。我在上面已经谈到惨淡经营的问题。我现在再引一句古人的话，《湛渊静语》上引柳子厚答韦中立云:“故吾每为文章，未尝敢以轻心掉之。”上面引刘壎的话说“柳则纯乎作为”，也许与此有关。但古人为文决不掉以轻心，惨淡经营多年之后，则又返璞归真，呈现出“自然”来。其中道理，我们学为文者必须参悟。

选自《作文》，略有删改

中学生的作文

我自幼好舞笔弄墨。现在偶尔看到年幼时所写的“文章”，稚态可掬，不禁脸红心跳。然而在潜意识里我却认为，别的孩子也不过尔尔，不会比我高明多少。于是心安理得，怡然自乐，至今已有很多年头了。

但是，最近一些时候以来，不知出于什么动机，我颇注意报纸上发表的中小学生的文章，觉得耳目为之一新。最近又读到北京四中送来的学生们的文章。我不禁大吃一惊：“后生真是可畏呀！”我心里想，从今以后，对这些小字辈应该刮目相看了。

中学生的文章，几乎都不是什么大题目，好多看起来只是身边琐事；然而，同鲁迅先生的《一件小事》一样，其含义一点也不小，而是非常非常大的。他们那童稚的目光，晶莹澄澈，天真无邪，穷幽烛微，不为大人们常有的成见所蔽，能看到成年人，特别是我们老年人所无论如何也看不到的东西。而且写作技巧也淳朴无华，只有实事求是之心决无哗众取宠之意，不像当今某个别的作家那样，在那里费上九牛二虎的力量去“作”，结果写出来的句子忸怩作态，雕凿古怪，令人读了身上直起鸡皮疙瘩。俗话说“自古英雄出少年”，看来在做文章方面，也只能这样说了。

如果在老师指导下，他们照现在这样子发展下去，我相信，几乎每个人都能成为作家。对中国文坛来说，这当然是一件好事，但是，人类社会的分工是复杂而又细致的，决不能每个人都成为作家。试想如果中国 11 亿人有 11 亿作家，我们国家会成为什么样子呢？我们的粮食、衣服等等从哪里来呢？这样的社会是无法存在的。我觉得，中学教育应该是全面发展的，德、智、体、美都要照顾到，将来才能成为有用的人。在智的方面，也要全面发展，文理都不能偏废。“学好数理化，走遍天下都不怕”，是偏颇的说法。世界上没有哪一个国家，只靠科技，经济文化就能腾飞的。文科决不能忽视；但是，只靠文科，国家也无法建设。道理十分明显。总之一句话：要全面发展。

但是，话又说回来了。有写作天才的中学生如果将来能成为作家，甚至名作家、大作家，为我们中国，为我们北京，为我们四中，不是也能增添光彩吗？

选自《〈中国著名中学作文精华·北京四中卷〉序》，

略有删改

文章的打磨

当前中国散文界有一种论调，说什么散文妙就妙在一个“散”字上。散者，松松散散之谓也。意思是提笔就写，不需要构思，不需要推敲，不需要锤炼字句，不需要斟酌结构，愿意怎样写就怎样写，愿意写到哪里就写到哪里。理论如此，实践也是如此。这样的“散”文充斥于一些报刊中，滔滔者天下皆是矣。

我爬了一辈子格子，虽无功劳，也有苦劳；成绩不大，教训不少。窃以为写文章并非如此容易。现在文人们都慨叹文章不值钱。如果文章都像这样的话，我看不值钱倒是天公地道。宋朝的吕蒙正让皂君到玉皇驾前去告御状：“玉皇若问人间事，为道文章不值钱。”如果指的是这样的文章，这可以说是刁民诬告。

从中国过去的笔记和诗话一类的书中可以看到，中国过去的文人，特别是诗人和词人，十分重视修辞。这样的例子不胜枚举。杜甫的“语不惊人死不休”，是人所共知的。王安石的“春风又绿江南岸”中的“绿”字，是诗人经过几度考虑才选出来的。王国维把这种炼字的工作同他的文艺理想“境界”挂上了钩。他说：“词以境界为最上。”什么叫“境界”呢？同炼字有关是可以肯定的。他说：“‘红杏枝头春意闹’，著一‘闹’字而境界全出。”“闹”字难道不是炼出来的吗？

这情况又与汉语难分词类的特点有关。别的国家情况不完全是这样。

上面讲的是诗词，散文怎样呢？我认为，虽然程度不同，这情况也是存在的。关于欧阳修推敲文章词句的故事，过去笔记中多有记载。我现在从《霏雪录》中抄一段：

前辈文章大家，为文不惜改窜。今之学力浅浅者反以不改为高。欧公每为文，既成必自窜易，至有不留初本一字者。其为文章，则书而粘之屋壁，出入观省。至尺牍单简亦必立稿，其精审如此。每一篇出，士大夫皆传写讽诵。惟睹其浑然天成，莫究斧凿之痕也。

这对我们今天写文章，无疑是一面镜子。

选自《写文章》，略有删改

文章的题目

文章是广义的提法，细分起来，至少应该包括这样几项：论文、专著、专题报告等等。所有的这几项都必须有一个题目，有了题目，才能下笔做文章，否则文章是无从写起的。

题目是从哪里来的呢？这不出两端，一个是别人出，一个是自己选。

过去一千多年的考试，我们现在从小学到大学的作文，都是老师或其他什么人出题目，应试者或者学生来写文章。封建社会的考试是代圣人立言，万万不能离题的，否则不但中不了秀才、举人或进士，严重的还有杀头的危险。至于学术研究，有的题目由国家领导部门出题目，你根据题目写成研究报告。也有的部门制订科研规划，规划上列出一些题目，供选者参考。一般说来，选择的自由不大。50 年代，我也曾参加过制订社会科学规划的工作，开了不知多少会，用了不知多少纸张，费了不知多少人力，规划终于制订出来了。但是，后来就没有多少人过问，仿佛是“为规划而规划”。

以上都属于“别人出”的范畴。

至于“自己选”，表面上看起来是比较自由的。然而实际上也不尽然，有时候也要“代圣人立言”。就是你自己选定的题目，话却不一定都是自己的，自己的话也不一定能尽情吐露。于是产生了一种特殊的“八股”，只准说一定的话，话只准说到一定的程度。中外历史都证明，只有在真正“百家争鸣”的时代，学术才真能发展。

特别是有一种倾向危害最大。年纪大一点的学术研究者都不会忘记，过去有很长的一段时间，有某一些人大刀阔斧地批判“从杂志缝里找文章”的做法。这些人大概从来不看学术杂志，从来也写不出有新见解的文章，只能奉命唯谨，代圣人立言。

稍懂学术研究的人都会知道，学术上的新见解总是最先发表在杂志上的论文，进入学术专著，多半是比较晚的事情了。每一位学者都必须尽量多地尽量及时地阅读中外有关的杂志。在阅读中，认为观点正确，则心领神会。认为不正确，则自己必有自己的想法。阅读既多，则融会贯通，逐渐形成了自己的新见解，发而为文，对自己这一门学问会有所推动。这就是从杂志缝里找文章。我现在发现，有颇为不少的“学者”从来不或至少很少阅读中外学术杂志。他们不知道自己这一门学问发展的新动向，也得不到创新的灵感，抱残守缺，鼠目寸光，抱着几十年的老皇历不放，在这样的情况下，焉能写出好文章！我们应当经常不断地阅读中外杂志，结合随时出现的新问题和新情况，一心一意地从杂志缝里找文章。

我写散文

我从小好舞笔弄墨，到现在已经五十多年了。虽然我从来没有敢妄想成为什么文学家，可是积习难除，一遇机缘，就想拿起笔来写点什么，积之既久，数量已相当可观。我曾经出过三本集子：《朗润集》、《天竺心影》、《季羡林选集》（香港），也没能把我所写的这一方面的文章全部收进去。现在北京大学出版社建议我把所有这方面的东西收集在一起，形成一个集子。我对于这一件事不能说一点热情都没有，这样说是虚伪的；但是我的热情也不太高：有人建议收集，就收集吧。这就是这一部集子产生的来源。

集子里的东西全都属于散文一类。我对于这一种文体确实有所偏爱。我在《朗润集·自序》里曾经谈到过这个问题，到现在我仍然保留原来的意见。中国是世界上首屈一指的散文国家，历史长，人才多，数量大，成就高，这是任何国家都无法相比的。之所以有这种情况，可能与中国的语言有关。中国汉语有其特别优越之处。表现手段最简短，而包含的内容最丰富。用现在的名词来说就是，使用的劳动量最小，而传递的信息量最大。此外，在声调方面，在遣词造句方面，也有一些特点，最宜于抒情、叙事。有时候可能有点朦胧，但是朦胧也自有朦胧之美。“诗无达诂”，写抒情的东西，说得太透，反而会产生浅显之感。

我为什么只写散文呢？我有点说不清楚。记得在中学的时候，我的小伙伴们给我起过一个绰号，叫做“诗人”。我当时恐怕也写过诗，但是写得并不多，当然也不好。为什么竟成为“诗人”了呢？给我起这个绰号的那一些小伙伴几乎都已作古，现在恐怕没有人能说清楚了。其中可能包含着一个隐而不彰的信息：我一向喜欢抒情的文字。念《古文观止》一类的书的时候，真正打动了我的心的是司马迁的《报任安书》，陶渊明的《桃花源记》，李密的《陈情表》，韩愈的《祭十二郎文》，欧阳修的《泷冈阡表》，苏轼的《前赤壁赋》、《后赤壁赋》，归有光的《项脊轩志》等一类的文字，简直是百读不厌，至今还都能背诵。我还有一个偏见，我认为，散文应该以抒情为主，叙事也必须含有抒情的成分。至于议论文，当然也不可缺，却非散文正宗了。

在这里，我想谈一谈所谓“身边琐事”这个问题。如果我的理解不错的话，在解放前，反对写身边琐事的口号是一些进步的文艺工作者提出来的。我觉得，当时这样提是完全正确的。在激烈的斗争中，一切涣散军心、瓦解士气的文章都是不能允许的。那时候确实有一些人想利用写身边琐事来转移人们的注意力，消灭人们的斗志。在这样的情况下，反对写身边琐事是无可非议的、顺理成章的。

但是，我并不认为，在任何时候，任何情况下，都必须义正词严、疾言厉色地来反对写身边琐事。到了今天，历史的经验和教训都已经够多的了，我们对身边琐事应该加以细致分析了。在一段时间内，文坛上出现了一批假、大、空的文学作品，凭空捏造，很少有事实依据，根据什么“三突出”的“学说”，一个劲地突出、突出，突得一塌糊涂。这样做，当然谈不到什么真实的感情。有的作品也曾流行一时。然而，曾几何时，有谁还愿意读这样的作品呢？大家都承认，文学艺术的精髓在于真实，古今中外，概莫能外。如果内容不真实，用多么多的篇幅，写多么大的事件，什么国家大事、世界大事、宇宙大事，辞藻再华丽，气派再宏大，也无济于事，也是不能感人的。文学作品到了这个地步，简直是一出悲剧。我们千万不能再走这一条路了。

回头再看身边琐事。古今中外都有不少的文章写的确实是一些身边琐事，决不是国家大事，无关大局。但是，作者的感情真挚、朴素，语言也不故意扭捏做作，因而能感动读者，甚至能让时代不同、地域不同的读者在内心深处起着共鸣。这样写身边琐事的文章能不给以很高的评价吗？我上面列举的那许多篇古文，哪一篇写的不是身边琐事呢？连近代人写的为广大读者所喜爱的一些文章，比如鲁迅的抒情散文，朱自清的《背影》、《荷塘月色》等名篇，写的难道都是国家大事吗？我甚至想说，没有身边琐事，就没有真正好的散文。所谓身边琐事，范围极广。从我上面举出的几篇古代名作来看，亲属之情占有极其重要的地位。在错综复杂的社会生活中，亲属和朋友的生离死别，最容易使人们的感情激动。此外，人们也随时随地都能遇到一些美好的、悲哀的、能拨动人们的心弦的事物，值得一写。自然景色的描绘，在古今中外的散文中也占有很大的比例。读了这样的文章，我们的感情最容易触动，我们不禁就会想到，我们自己对待亲属和朋友有一种什么感情，我们对一切善良的人、一切美好的事物是一种什么态度。至于写景的文章，如果写的是祖国之景，自然会启发我们热爱祖国；如果写的是自然界的风光，也会启发我们热爱大自然，热爱生活。这样的文章能净化我们的感情，陶冶我们的性灵，小中有大，小中见大，平凡之中见真理，琐细之中见精神，这样的身边琐事难道还不值得我们大大地去写吗？

今天，时代变了，我们的视野也应当随之而扩大，我们的感情不应当囿于像过去那样的小圈子里，我们应当写工厂，应当写农村，应当写革新，应当写进步。但是无论如何也离不开个人的感受，我们的灵魂往往从一些琐事触动起。国家大事当然也可以写，但是必须感情真挚。那一套假、大、空的东西，我们再也不能要了。

这就是我了解的身边琐事。收在这一个集子里面的文章写的几乎都是这样的身边琐事。我的文笔可能是拙劣的，我的技巧可能是低下的。但是，我扪心自问，我的感情是真实的，我的态度是严肃的，这一点决不含糊。我写东西有一条金科玉律：凡是没有真正使我感动的事物，我决不下笔去写。这也就是我写散文不多的原因。我决不敢说，这些都是好文章。我也决不说，这些都是垃圾。如果我真认为是垃圾的话，当然应当投入垃圾箱中，拿出来灾祸梨枣，岂非存心害人？那是虚伪的谦虚，也为我所不取。

我的意思无非是说，我自己觉得这些东西对别人也许还有一点好处。其中一点，可能是最重要的一点，我在《〈朗润集〉自序》中已经谈到过了，那就是，我想把解放前后写的散文统统搜集在这一个集子里，让读者看到我在这一个巨大的分界线两旁所写的东西情调很不一样，从而默思不一样的原因而从中得到启发。可惜我这个美好的愿望格于编辑，未能实现。但是，我并没有死心，现在终于实现了。对我自己来说，这是一件非常可喜的事情。可喜之处何在呢？就在于，它说明了，像我们这些从旧社会过来的知识分子，不管是“高级”的，还是其他级的，思想都必须改造，而且能够改造。这一点，我认为是非常有意义的。今天，人们很少再谈思想改造了，好像一谈就是“极左”。但是我个人认为，思想改造还是必要的。客观世界飞速前进，新事物层出不穷，我们的思想如果不改造，怎么能跟得上时代的步伐呢？这是我的经验之谈，不是空口白话。我相信，细心的读者会从这一本集子里体察出我的思想改造的痕迹。他们会看出我在《〈朗润集〉自序》里写的那一种情况：解放前看不到祖国和人民的前途，也看不到个人的前途，写东西调子低沉，情绪幽凄。解放后则逐渐充满了乐观精神，写东西调子比较响。这种细微的思想感情方面的转变是非常有意义的。它至少能证明，我们的社会主义国家确实有其优越之处，确实是值得我们热爱的。它能让一个人的思想感情在潜移默化中发生变化，甚至像南北极那样的变化。现在有那么一些人觉得社会主义不行了，优越性看不出来了，这个了，那个了。我个人的例子就证明这些说法不对头。这也可以说是我的现身说法吧！

细心的读者大概还可以从书中看到一种情况：解放前写的文章中很有一些不习见的词儿，这是我自己创造出来的。在这一方面，我那时颇有一点初生犊子不怕虎的气概。然而在解放后写的文章中，特别是在最近几年的文章中，几乎没有什么新词儿了。事实上，我现在胆子越来越小，经常翻查词典；往往是心中想出一个词儿，如果稍有怀疑，则以词典为据；词典中没有的，决不写进文章。简直有点战战兢兢的意味了。这是一个好现象呢，还是一个坏现象？我说不清楚。我不敢赞成现在有一些人那种生造新词儿的办法，这些词儿看上去非常别扭。但是，在几千年汉语发展的历史上，如果一个新词儿也不敢造，那么汉语如何发展呢？如何进步呢？可是话又说了回来，如果每一个人都任意生造，语言岂不成了无政府主义的东西？语言岂不要大混乱吗？我现在还不知道怎样来解决这个问题。我眼前姑且把我解放前文章中那一些比较陌生的词儿一股脑儿都保留下来，让读者加以评判。

我在上面拉拉杂杂地写了一大篇，我把自己现在所想到的合盘托了出来。所有这一些想法，不管别人看上去会觉得多么离奇，甚至多么幼稚，但是，我自己却认为都是有道理的，否则我也不会写了出来。不过，我也决不强迫读者一定要认为是有道理的。

回顾五十多年的创作过程，看到自己笔下产生出来的这些所谓文章今天能够收集起来，心里不能不感到一点快慰。就算是雪泥鸿爪吧，这总是留下的一点痕迹。过去的50年，是世事多变的50年。我们的民族，还有我自己，都是既走过阳关大道，也走过独木小桥。这种情况在集子中约略有所反映。现在我们的国家终于拨云雾而见青天，我自己也过了古稀之年。我还没有制定去见马克思的计划。今后，我积习难除，如果真有所感——我强调的是一个“真”字，我还将继续写下去的。我们的国家、我们的民族，不管目前还有多少困难，总的趋向是向上的、是走向繁荣富强的。我但愿能用自己这一支拙劣的笔鼓吹升平，与大家共同欣赏社会主义建设的钧天大乐。

选自《〈季羡林散文集〉自序》，略有删改

文采和风格

我向不敢以名人自居，我更没有什么名作。但是当人民日报出版社的同志向我提出要让我在《名人名家书系》中占一席地时，我却立即应允了。原因十分简单明了：谁同冰心、巴金、萧乾等我的或师或友的当代中国文坛的几位元老并列而不感到光荣与快乐呢？何况我又是一个俗人，我不愿矫情说谎。

我毕生舞笔弄墨，所谓“文章”，包括散文、杂感在内，当然写了不少。语云：“当局者迷，旁观者清。”自己的东西是好是坏，我当然会有所反思；但我从不评论，怕自己迷了心窍，说不出什么符合实际的道道来。别人的评论，我当然注意；但也并不在意。我不愿意像外国某一个哲人所说的那样“让别人在自己脑袋里跑马”。我只有一个信念、一个主旨、一点精神，那就是：写文章必须说真话，不说假话。上面提到的那三位师友之所以享有极高的威望，之所以让我佩服，不就在于他们敢说真话吗？我在这里用了一个“敢”字，这是“画龙点睛”之笔。因为，说真话是要有一点勇气的，有时甚至需要极大的勇气。古今中外，由于敢说真话而遭到恶运的作家或非作家的人数还算少吗？然而，历史是无情的。千百年来流传下来为人所钦仰颂扬的作家或非作家无一不是敢说真话的人。说假话者其中也不能说没有，他们只能做反面教员，被钉在历史的耻辱柱上。

但是，只说真话，还不能就成为一个文学家。文学家必须有文采和深邃的思想。这有点像我们常说的文学的思想性和艺术性的问题。我说“有点像”，就表示不完全像，不完全相等。说真话离不开思想，但思想有深浅之别，有高下之别。思想浮浅而低下，即使是真话，也不能感动人。思想必须是深而高，再济之以文采，这样才能感动人，影响人。我在这里特别强调文采，因为，不管思想多么高深，多么正确，多么放之四海而皆准，多么超出流俗，仍然不能成为文学作品，这一点大家都会承认的。近几年来，我常发一种怪论：谈论文艺的准则，应该把艺术性放在第一位。上面讲的那些话，就是我的“理论根据”。

谈到文采，那是同风格密不可分的。古今中外，有成就的作家都有各自的风格，泾渭分明，决不含混。杜甫诗：“清新庾开府，俊逸鲍参军。”这是杜甫对庾信和鲍照风格的评价。而杜甫自己的风格，则一向被认为是“沉郁顿挫”，与之相对的是李白的“飘逸豪放”。对于这一点，自古以来，几乎没有异议。这些词句都是从印象或者感悟得来的。在西方学者眼中，或者在中国迷信西方“科学主义”的学者眼中，这很不够意思，很不“科学”，他们一定会拿起他们那惯用的分析的“科学的”解剖刀，把世界上万事万物，也包括美学范畴在内肌分理析，解剖个淋漓尽致。可他们忘记了，解剖刀一下，连活的东西都立即变成死的，反而不如东方的直觉的顿悟、整体的把握，更能接近真理。

这话说远了，就此打住，还来谈我们的文采和风格问题。倘若有人要问：“你追求的是一种什么样的文采和风格呢？”这问题问得好。我舞笔弄墨六十多年，对这个问题当然会有所考虑，而且时时都在考虑。但是，说多了话太长，我只简略地说上几句。我觉得，文章的真髓在于我在上面提到的那个“真”字。有了真情实感，才能有感人的文章。文采和风格都只能在这个前提下来谈。我追求的风格是：淳朴恬澹，本色天然，外表平易，秀色内涵，形式似散，经营惨淡，有节奏性，有韵律感，似谱乐曲，往复回还，万勿率意，切忌颟顸。我认为，这是很高的标准，也是我自己的标准。别人不一定赞成，我也不强求别人赞成。喜欢哪一种风格，是每一个人自己的权利，谁也不能干涉。我最不赞成刻意雕琢，生造一些极为别扭，极不自然的词句，顾影自怜，自以为美。我也不赞成平板呆滞的文章。我定的这个标准，只是我追求的目标，我自己也做不到。

我对文艺理论只是一知半解，对美学更是门外汉。以上所言，纯属野狐谈禅，不值得内行一顾。因为这与所谓“名人名作”有关，不禁说了出来，就算是序。

选自《〈赋得永久的悔〉自序》，略有删改

写作要实事求是

七十多年的生命像一场春梦似的逝去了。这样的梦并不总是像“春宵一刻值千金”那样轻灵美妙。有时候也难免有惊涛骇浪，龙蛇竞舞的场面。不管怎样，我的生命像梦一般地逝去了。

对于这些梦有没有留恋之感呢？应该说是有的。人到了老年，往往喜爱回忆往事。古今中外，概莫能外。我当然也不能成为例外。英国人常说什么“往日的可爱的时光”，实有会于我心。往日的时光，回忆起来，确实感到美妙可爱。“当时只道是寻常”，然而一经回忆，却往往觉得美妙无比，回味无穷。我现在就经常陷入往事的回忆中。

但是，我从来也没有想到，把这些轻梦或者恶梦从回忆中移到纸上来。我从来没有感到，有这样的需要。我只是一个人在夜深人静时，伏在枕上，让逝去的生命一幕一幕地断断续续地在我眼前重演一遍，自己仿佛成了一个旁观者，顾而乐之。逝去的生命不能复归，也用不着复归。但是，回忆这样的生命，意识到自己是这样活过来的，阳关大道、独木小桥，都走过来了，风风雨雨都经过了，一直到今天，自己还能活在世上，还能回忆往事，这难道还不能算是莫大的幸福吗？

只是到了最近一两年，比我年轻的一些朋友，多次向我建议写一点自传之类的东西。他们认为，像我这样的知识分子，已经活到了将近耄耋之年，古稀之年早已甩在背后了，而且经历了几个时代；在中国历史上，也是一个难能可贵的机会；我这样的经历，过去知识分子经历者恐怕不是太多。我对世事沧桑的阅历，人情世态的体会，恐怕有很多值得别人借鉴的地方。今天年轻的知识分子，甚至许多中年知识分子，大都不能体会。有时候同他们谈一点过去的情况，他们往往瞪大了眼睛，像是在听“天方夜谭”。因此，他们的意见是，我应当把这些经历写出来，不要过于“自私自利”，只留在自己脑海中，供自己品味玩赏。这应该说是我这一辈人的责任，不容推卸。

我考虑他们的意见，觉得是正确的。就我个人来说，我生于辛亥革命那一年的夏秋之交，距离十月十日，只有一个月多一点。在这一段时间内，我当过大清皇帝的臣民，我大概也算是一个“遗少”吧。我在极小的时候，就听到“朝廷”这个词儿，意思是大清皇帝。在我的幻想中，“朝廷”是一个非人非神非龙非蛇，然而又是人是神是龙是蛇的东西。最后一个“朝廷”一退位，立刻来了袁世凯，紧跟着是军阀混战。赤县神州，群魔乱舞。我三岁的时候，第一次世界大战爆发。我对此毫无所知。对于五四运动，所知也不多，只对文言改白话觉得新鲜而已。在小学和初中时期，跟着大孩子游行示威，焚烧日货和英货，情绪如疯如狂。高中时期，国民党统治开始，是另一种群魔乱舞，是国民党内部的群魔。大学时期，日本军国主义者蠢蠢欲动。九一八事变以后，我曾随清华同学卧轨绝食，赴南京请愿。生平第一次也是最后一次见到蒋介石。留学时期，七七事变发生，半壁河山，沦入外寇铁蹄之下。我的家乡更是早为外寇占领，让我无法回国。“等是有家归未得，杜鹃休向耳边啼。”我漂泊异乡，无从听到杜鹃鸣声，我听到的是天空中轰炸机的鸣声，伴随着肚中的饥肠辘辘声。有时候听到广播中希特勒疯狗似的狂吠声。如此度过了八年。“烽火连八岁，家书抵亿金。”抵亿金的家书一封也没能收到。大战终于结束。我在瑞士呆了将近半年，费了千辛万苦，经法国、越南回到祖国。在狂欢之余，灾星未退，又在通货疯狂膨胀中度过了三年，终于迎来了解放。在更大的狂欢之余，知道道路并不是总有玫瑰花铺地，有时难免也有狂风恶浪。就这样，风风雨雨，坎坎坷坷，一直活到了今天，垂垂老矣。

如此丰富复杂的经历，并不是每一个人都能有的。而且从某种意义上来看，这些经历也是十分可宝贵的。经验和教训，从中都可以吸取，对人对己都会有点好处的。我自己如果秘而不宣，确有“自私自利”之嫌。因此，我决心听从别人的建议，改变以前的想法，把自己一生的经历实事求是地写出来。我特别强调“实事求是”四字，因为写自传不是搞文学创作，让自己的幻想纵横驰骋。我写自传，只写事实。这是否也能写成文学作品，我在这里存而不论。古今中外颇有大文学家把自传写成文学创作的。德国最伟大的诗人歌德就是其中之一。他的 *Dichtung und Wahrheit*(《创作与真理》) 可以为证。我个人认为，大文学家可以，我则不可。我这里只有 Wahrheit，而无 Dichtung。

但是，如此复杂的工作决不能毕其功于一役。我目前还有很多工作要做，没有太多的余闲，我只能分段解决。我把我七十多年的生命分成八个阶段：

一　故乡时期

二　在济南上中学时期

三　清华大学、中学教员时期

四　留德十年

五　解放前夕

六　五六十年代

七　牛棚杂忆

八　1978 年以后

在 1988 年，我断断续续写成了四和七两部草稿。现在先把四“留德十年”整理出来，让它带着我的祝福走向世界吧！捋扯雪芹做一绝：

毫无荒唐言
半把辛酸泪
作者并不痴
人解其中味

选自《楔子》，略有删改

存　真

在人的一生中，思想感情的变化总是难免的。连寿命比较短的人都无不如此，何况像我这样寿登耄耋的老人！

我们舞笔弄墨的所谓“文人”，这种变化必然表现在文章中。到了老年，如果想出文集的话，怎样来处理这样一些思想感情前后有矛盾，甚至天翻地覆的矛盾的文章呢？这里就有两种办法。在过去，有一些文人，悔其少作，竭力掩盖自己幼年挂屁股帘的形象，尽量删削年轻时的文章，使自己成为一个一生一贯正确，思想感情总是前后一致的人。

我个人不赞成这种做法，认为这有点作伪的嫌疑。我主张，一个人一生是什么样子，年轻时怎样，中年怎样，老年又怎样，都应该如实地表达出来。在某一阶段上，自己的思想感情有了偏颇，甚至错误，决不应加以掩饰，而应该堂堂正正地承认。这样的文章决不应任意删削或者干脆抽掉，而应该完整地加以保留，以存真相。

在我的散文和杂文中，我的思想感情前后矛盾的现象，是颇能找出一些来的。比如对中国社会某一个阶段的歌颂，对某一个人的崇拜与歌颂，在写作的当时，我是真诚的；后来感到一点失望，我也是真诚的。这些文章，我都毫不加以删改，统统保留下来。不管现在看起来是多么幼稚，甚至多么荒谬，我都不加掩饰，目的仍然是存真。

像我这样性格的一个人，我是颇有点自知之明的。我离开一个社会活动家，是有相当大的距离的。我本来希望像我的老师陈寅恪先生那样，淡泊以明志，宁静以致远，不求闻达，毕生从事学术研究，又决不是不关心国家大事，决不是不爱国，那不是中国知识分子的传统。然而阴差阳错，我成了现在这样一个人。应景文章不能不写，写序也推脱不掉，“春花秋月何时了，开会知多少”，会也不得不开。事与愿违，尘根难断，自己已垂垂老矣，改弦更张，只有俟诸来生了。

选自《〈季羡林文集·第十三卷〉后记》，略有删改

文章的长短

主编对我说:“要写一篇跋。”我漫应之曰:“可以。”那一位我姑且称之为“助理主编”的小伙子从旁边敲了一声边鼓:“越长越好!”我也漫应之曰:“可以。”于是就写跋。

但是,写些什么呢?我心中无数。

首先碰到的一个问题就是:什么叫“学术文化随笔”?最初我对这含义是并不清楚的。“学术文化”的含义我是清楚的。但是一同“随笔”联系起来,我就糊涂。按照我的理解,随笔都是短的或者比较短的,长篇大论的随笔我没有见到过。而真正学术文化的论文往往比较长,甚至非常长,至少我自己的论文就是这样子。这真是一个矛盾,怎么解决呢?削足适履,我认为不是好办法,这样会破坏了论文的完整性,为我所不取。我坦率地提出了我的意见,主编和“助理主编”通情达理,虽微有难色,但仍然安慰我说:“长一点也可以。”这可以说是给我吃了定心丸。但也只定了一半。“长一点”究竟长到什么程度呢？我心里仍然没有底。

长短之争是与“可读性”有联系的。据说，短了就有可读性，长了可读性就差，或者甚至没有。对于这一点，我又对他们两位慷慨陈词，说不要形而上学地看问题。最近报刊上时有一些短文，长只凡百字，短则短矣，无奈空话连篇，味同嚼蜡，一无文采，二乏内容。这样的文章可读性究竟在哪里呢？反之，《红楼梦》长达百余万言，然而人们却一拿起书，就放不下，如磁吸铁，爱不释手，你能说这书的可读性差吗？

“你在狡辩！”我仿佛听到有人在说。我承认，狡辩是有一点的，但不全是。我们且退一步想。只给今天的读者，特别是青年读者，吃冰淇淋和奶油可可等甜品，决非健康长寿之道。冰淇淋和奶油可可等是可以吃的；但应该加上一些苦的、辣的、涩的、酸的、咸的食品，让他们知道，世界上的食品不都是甜的。这样可以锻炼他们的胃口，使它能适应世间一切味道。偏食是有害无利的。

长篇的学术论文，有的确实是艰涩的，难以一下子就读懂，决不像冰淇淋和奶油可可那样香甜适口。但是，这样的文章是有余味的，如食橄榄，进口苦涩，回味方甘。这个“甘”同一进口就感觉到的“甜”，决不是同一个层次，同一个境界。稍有经验的人一想便能明白。何况，这样的文章在本“大系”里是绝难避免的。因为，不管是“大师系列”，还是“探索系列”，其中有一些人是专门写这样的文章的。如果不选这样的文章，有些人是难以进入任何“系列”的。

他们两位还曾提出另一个解决矛盾的办法，那就是，将一篇篇幅较长的论文分拆开来，分成几个短篇。对此我也提出了不同的意见，否定的意见。我觉得，一个人写论文，不管多长，总都有一个整体概念，整体结构，起承转合，前后呼应。如果一旦分拆开来，则驴唇难对马嘴，宛如一个八宝楼台，分拆开来，不成片段。

以上就算是我的“狡辩”。“子岂好辩哉？予不得已也。”幸而，他们两位“从善如流”，没加批驳。这个问题就算是圆满解决了。他们大概有先见之明，早已注意到可能有“特殊情况”了。于是在“探索系列”编写要求中，在第 4 条，特别加上了一句话：“特殊情况请作者自己决定。”尊重作者之诚意溢于言表。这对我来说，无疑就成了一把“尚方宝剑”，拿在手中，我可以“便宜行事”了。

但是我感到我的任务还没有完成。我一开头就提到那位“助理主编”的话：“越长越好！”对这句话，我曾漫应之曰：“可以”的。俗话说：“君子一言，驷马难追。”不管我算不算“君子”，食言总是不好的。而且我一向是一个很容易对付的作者，对主编和责编一向驯顺，善于“以意逆志”。这一次我能破坏自己的“善良的行为”吗？我不想破坏。

但是，我却遇到了实际困难。从模糊语言学的角度来讲，“长”字是一个模糊概念。多长才算“长”呢？谁也说不清。至于“越”字，那就更模糊了。现在我已经写了六页半，有二千五六百字了。对一篇“跋”来说，我觉得，这已经够长了。根据不成文法，跋一般都是比较短的。跋太长了，会有喧宾夺主的危险，为智者所不取。

如果“以意逆志”的话，我体会，“助理主编”是想让我谈一谈我的治学经过或者什么经验之类。这个题目谈起来并不难，而且我是颇愿意谈的。但是，我有一点担心，怕一谈起来就刹不住车，洋洋十万言也还未必能尽意。前不久我写了一篇短文：《老少之间》。在这里面，我讲到了一个现象，不少的老年人太爱说话。除了有一点“倚老卖老”的意味，似乎还有生理上的原因。我于是给自己和其他老人写了几句箴言：

老年之人

血气已衰

煞车失灵

戒之在说

能做到这一步，就能避免许多尴尬局面。你看，开会时，一个老人包办了会场，口若悬河，刺刺不休，一无内容，二无文采。在场的人有的看表，有的交头接耳；但是，此老老眼昏花，耳又重听，不视不见，不听不闻，这岂不大煞风景。我多少有点自知之明，所以写了上面的箴言。既然写了，就必须遵守。因此，这一回我的什么治学经过和经验就先不谈了。最近喜爱听评书。千百年来讲故事，说评书的艺人，为了招揽生意，说到兴会淋漓处，总爱卖一卖关子，戛然停下，让听者牵肠挂肚，明天非听不行。我现在也学学他们，卖一个关子，说上一声：咱们下一回再说。

选自《〈季美林学术文化随笔〉跋》，略有删改

努力提出一些新问题

我曾有写专著的考虑，想写一本《印度佛教史》。我有志于研究佛教史有年矣。积累的资料比盈尺还要多。但是牵于他事，又年近耄耋，自谓难以完成撰写印度佛教史的任务了。因此就一而再，再而三地把论文集在一起，便于自己和他人翻检。从这些论文中可以看出我对印度佛教史的一些看法，供同行学者评估。

说这些文章有多么高的水平，我愧不敢当。但是文章有一些特点，却不能否认。在每一篇文章中我都努力提出一些新问题，而且是关键性的问题，加以解决。我解决的方法以前还很少有人用过，我是通过对佛典梵语特点的研究来确定要探讨的问题出现的时间和地点。这个方法曾经受到许多学者的赞美，这对我是一种鞭策，其中德国梵文学者 Bechert 教授却是又批判、又赞美。我原来以为是赞美在前，批判在后。但是后来我才发现，这两个举动发生在同一年内。因此我就不能断定究竟哪一个在前了。我但愿赞美在后。

同世界上任何事物一样，我这个方法也受到毁誉，这总是难免的。无论是毁还是誉，我都重视，我总是平心静气地、实事求是地研究两方面的意见。但是，我决不为他们所左右。只要我经过深思熟虑认为是对的，我决不动摇。利用佛典语言特点，这一条道路我认为是正确的、可靠的，我要坚决走下去。尽管现在各国关于印度佛教史的著述已经很多，但遗留的重大问题仍然不少，比如小乘向大乘的过渡问题，佛教部派产生的问题等等。对于这样的问题，我也考虑过很久了。将来时机成熟，我仍然要写一些东西的，而用的方法仍然是利用语言特点。

我讲的这些情况，我相信，细心的读者自己都能看出来的。古人说："文章千古事，得失寸心知。"我这些东西不能说都是好文章，但我总怕自己的"寸心"不为人知，所以才又啰里啰嗦写了上面这一些话。

选自《〈佛教与中印文化交流〉后记》，略有删改

获奖有感

完全出我意料，我的《赋得永久的悔》竟然获得了中国最高文学奖——鲁迅文学奖的荣誉奖。我自己认为是不够格的。

虽然我从青年时代起就舞笔弄墨，写了一些所谓文章：但是我从来不敢以文学家自命。说一句夸大一点的话，我自己认为是一个科学研究工作者。我的主要精力和兴趣都集中在对印度古代语言、中亚古代语言、佛教史以及中外文化交流史的研究上。这种别人可能认为是枯燥乏味的工作，我已经做了六七十年了。焚膏继晷，兀兀穷年，乐此不疲，心甘情愿。写一些散文之类的东西，是积习难除，而且都是在感情躁动于胸中，必须一吐为快的时候。所以我有时说：我的文章是流出来的，不是挤出来的。流出来的都会是好文章吗？那倒不一定。文章必须有真情，这是我一贯主张。但是起决定作用的还是你表达这种真情的艺术性。不管你的情是多么真，思想内容是多么宏伟，如果缺乏艺术性，就不能算是文学作品。

我认为，作家是一个非常光荣的称号，是我所衷心景仰的人。我走过大码头，见过大世面，而且是国际的大码头，国际的大世面。虽然性格内向，但是对于待人接物，应对进退，我也自有一套办法。在国外千人的学术会议上，登台发言，心不跳，手不颤。可是一见到作家，我就有点自惭形秽，局促不安。这是一种什么心理呢？至今我还没有能得到满意的解释，我还要继续研究推敲。

十几年前，我当选为中国作家协会的理事。这件事是我在报纸上看到自己的名字才知道的，我并没有参加那一次大会。以后究竟开过多少次理事会，我也没太注意，因为我一次也没有参加过。不是我没有时间，没有兴趣，而是由于上面讲到的原因。我觉得，我之所以能够当选理事，是因为我曾从许多外语中翻译过大量的文学作品，而决不是由于我的创作。我去参加理事会是滥竽充数，一直到最后一次换届的理事会，我才亲自参加。在这一次会议上，我又被推选为中国作家协会的顾问，地位够崇高的了。“此身合是作家未？”我仍然套用陆放翁的诗句来向自己发问。答复仍在疑似之间，但已经感到有点作家的味了。

这一次，我获得鲁迅文学奖，不是凭我的翻译，而是凭我的创作。我自觉似乎向作家靠近了一点儿。说到《赋得永久的悔》这一篇散文写成的原因，完全是出于一种偶然性。《光明日报》的韩小蕙小姐想出了一个题目，叫做“永久的悔”，发函征文。别人是怎么想的，我不知道。至于我自己呢，我一看题目，立即被它吸引住了。我的“永久的悔”，就藏在我的心中，一直藏了几十年，时时在我心中躁动，有时令我寝食难安，直欲一吐为快。现在小蕙一给我机会，实在是天赐良缘。我立即动笔，几乎是一气呵成，文不加点。我大概是交稿最早的人，至少是其中之一。详情都已写在文章中，我在这里就不重复了。

文章在《光明日报》“文荟”上刊出后，得出的反应大大地超出我的期望。一位在很多问题上同我意见相左的老相识对我说：“你的许多文章我都不同意；但是《赋得永久的悔》却不能不让我感动和钦佩。你是一口气写成的吧？”他说得并没有错，我确实是这样写成的。这一篇文章被许多“文摘”转载，一些地方中学里还选作教材。我还接到许多相识的和不相识的老、中青朋友的来信，对它加以赞美。我可是万万没有想到，一篇文章竟能产生这样广泛的影响。

空口无凭，我不妨选出一封信来，从中抄上几段来供大家品味。这封信是武汉大学的两名研究生写的：

最主要的，是我们被您在《赋得永久的悔》里面所流露出来的浓郁的亲情深深地感动了。您在文章中说，您如果以后不去济南，不去北京，不去德国，您就可能会是一个农民，一个文盲，但是您的母亲却会比您不在身边要活得长，活得好。多么崇高深沉的爱！宁愿舍弃自己的一切去换取母亲的幸福而不得，便成了一位望九之年的老人的“永久的悔”。

回想起来，我们时时以“天之骄子”而自豪，自恃青春年少，风华正茂，随波逐流，去追寻自己的梦想，在很大程度上忽略了远方的父母，忽略了父亲期待的目光和母亲渐生的华发，忽略了故乡小河边曾有过的嬉戏奔跑。看了您的文章，我们的心受到了强烈的震动。从小到现在，我们被倾注了母亲满腔的从不企求回报的爱。我们大了，母亲也老了。我们再不能等到自己九十岁了才悔恨地想起当初不该离开母亲，忽略母亲。我们都是胸怀理想的热血青年，以自己的眼睛观察这个日新月异的社会，深深地热爱着可爱的祖国。您的心路历程，您的文章刚好告诉了我们这样一个朴实的道理：爱国应从爱母亲做起。

您的年龄比我们的爷爷还大，从民国初始一直走到改革开放的今天，历经沧桑而保持本色，您的爱母之情，爱国之心将永远激励着我们前进，提醒着我们要永葆人间真情至爱，做一个真正的人，大写的人，同样也将激励和影响着全国千千万万青年朋友的生活道路。

信就抄到这里。下面署名是“学生彭至安（法学院96硕）、刘阳（生科院97硕）”。

这一封信写得何等真挚动人啊！我们中国的青年是多么可爱啊！这一封信对我的震动比我那篇文章对他们的震动要强烈到不知多少倍。我真是做梦也没有想到，自己的一篇简单的文章竟能在社会上，对青年人产生这样强烈的影响。

我现在几乎每天都收到一些素昧平生的朋友们的来信，其中老、中、青年都有，而以青年为多。我写文章向来不说谎话、大话、套话，我向读者真挚坦率地交了心，读者也以同样的东西回报了我。这是我近年来最大的快乐。

我在上面已经提到，我平生倾全力去做的是科学研究工作，写点散文，只能算是余兴。然而，根据我今天的认识，人们在社会中不管处于什么地位，上至高官显宦，中间有士、农、工、商，下至引车卖浆者流，我们所做的工作都必须有益于社会，有益于人民，有益于祖国，有益于全人类。如果只是为了个人利益，为了孤芳自赏，那就是社会的寄生虫。觉悟了的人民必将扬弃之，甚至消灭之而后快。那种“藏之名山，传之后人”的科学研究工作，有的也能立即产生社会效益，有的则只能俟诸未来。但是，文学作品绝大多数能立即产生社会影响，直接产生影响。我的《赋得永久的悔》就是一个最具说服力的例子。

我的禀赋不高，在很多问题上，我都是一个后知后觉者。现在，通过《赋得永久的悔》等等文章所产生的社会影响，我逐渐感觉到自己似乎像是一个作家了。

封笔问题

旧日的学者，活到了一定的年龄，觉得自己精力不济了，写作有困难了。于是就宣布封笔。封笔者，把笔封起来，不再写作之谓也。

到了什么年龄，封笔最恰当？各个人、各个时代都不同。大抵时代越近，封笔越晚。这与人们寿命的长短有关。唐代的韩愈到了 50 岁，就哀叹而发苍苍，而视茫茫，而齿牙摇动。看样子已经到了该封笔的时候了。

我脑筋里还残留着许多旧东西，封笔就是其中之一。我现在虽然真正达到了耄耋之年，但是，我自己曾在脑袋中做过一次体检，结果是非常完满。小毛病有点儿，大毛病没有。岂止于米，相期以茶，对我来说，决不是一句空话。在这样的情况下，封笔的想法竟然还在脑筋里蠢蠢欲动，岂不是笑话！

我不能封笔。

再环顾一下我们的生活环境。从全世界来看，中国的崛起已成定局，谁也阻挡不住。十几年前，我就根据我了解的那一点地缘政治的知识，大胆地做了一个预言：21世纪是中国的世纪。虽然遭到了不少人的反对，我却坚持如故，而且信心日增，而且证据日多。

总之，从全世界形势来看，对中国来说是一个伟大的时代。

我怎么能封笔！

再从我们身边的生活来看，也会看到空前未有的情况。我们的行政领导人是完全可以信赖的。我们真可以说是政通人和、海晏河清。

我不能封笔。

像我这样的老知识分子，差不多就是文不如司书生，武不如救火兵。手中可以耍的只有一支笔杆子。我舞笔弄墨已有七十来年的历史了，虽然不能说一点东西也没有舞弄出来，但毕竟不能算多。我现在自认还有力量舞弄下去。我怎能放弃这个机会呢？

我不能封笔。

这就是我的结论。

附:《清华园日记》

引 言

我从来没有认真地想写什么“自传”。可是也曾想到过：如果写的话，就把一生分为八段。《留德十年》是其中一段，《牛棚杂忆》是其中另一段。这都已写成出版了。如果再写的话，就是清华求学的四年，因为我自己的成长是与清华分不开的。但也只是想了想，并没有真正动笔，一直到了今天。

到了今天，想把已经出过二十四卷的《季羡林文集》继续编纂下去，准备先编四五本。我已经把《学海泛槎》(学术回忆录)交给了江西教育出版社的责任编辑吴明华先生。但此书只有十几万字，如编为一卷，显得太单薄。我于是想到了清华求学的四年。我原来是想动手写的，再写上十几万字，二者凑齐了，可得三十余万字，成为一卷，像个样子了。

我找出了日记，把前四本拿了出来，仔细看了看，面生可疑，好像不是出于自己之手。大概七十多年前日记写出来后从未再看过。我虽然携它走遍了半个地球，却是携而不读。今天读起来，才知道，我记日记自1928年起，当时我17岁，正值日寇占领了济南我失学家居。到了次年，我考上了山东省立济南高中，日记就中止了。1930年，我高中毕业，到北平来，考入清华大学。入学后前两年，也没有记日记。为什么写日记？我说不出。为什么又停写？我说不出。为什么又提笔开始写？我也说不出。好在这些都是无关紧要的与国家大事无关的事情，就让它成为一笔糊涂账吧。

可是现在却成了问题。我要写回忆清华读书四年的经历，日记却缺了前两年的，成了一只无头的蜻蜓。虽然这两年的事情我还能回忆起来，而且自信还能相当准确，我还没有患上老年痴呆症；可是时间的细节却无从回忆了。这是颇令人感到遗憾的事。

我仔细读了读这两年的日记，觉得比我最近若干年写的日记要好得多。后者仿佛记流水账似的，刻板可厌，间有写自己的感情和感觉的地方，但不是太多。前者却写得丰满，比较生动，心中毫无顾忌，真正是畅所欲言。我有点喜欢上了这一些将近七十年前自己还是一个二十二三岁的毛头小伙子时写的东西。我当时已在全国第一流的文学杂志和报纸上发表了一些散文和书评之类的文章，颇获得几个文坛上名人的青睐。但是，那些东西是写给别人看的，难免在有意无意间有点忸怩作态，有点做作。日记却是写给自己看的，并没有像李越缦写日记时的那些想法。我写日记，有感即发，文不加点，速度极快，从文字上来看，有时难免有披头散发之感，却有一种真情流贯其中，与那种峨冠博带式的文章迥异其趣。我爱上了这些粗糙但却自然无雕饰的东西。

这一爱不打紧，它动摇了我原来的想法。我原来是想用现在的笔，把清华四年求学的经历，连同感情和牢骚，有头有尾地，前后一贯地，精雕细琢地，像《留德十年》和《牛棚杂忆》那样，写成一本十几万字的小册子，算是我的“自传”的又一段。现在我改变了主意，我不想再写了。我想就把我的日记原文奉献给读者，让读者看一看我写文章的另一面。这样会更能加深读者对我的了解，对读者，甚至对我自己都是有好处的。

但是，这里又来了问题。在过去，奉献日记有两种做法，一种是把日记全文抄出，像别的书稿那样，交出版社排印出版。把原文中的错字、别字都加以改正，漏掉的则加以补充。换句话说，就是稍稍涂点脂抹点粉，穿着整齐，然后出台亮相。另一种做法是把原文照相影印，错别字无法改，漏掉的字无法填，这就等于赤条条地走上舞台，对作者是有些不利的。我经过反复考虑，决定采用后者，目的是向读者献上一份真诚。至于错别字，我写了一辈子文章，到了今天已经寿登耄耋，一不小心，还会出错，七十年前，写上几个错别字，有什么可怪呢？

古人说:“君子之过也，如日月之蚀，人皆见之。”我想做一下“君子”。

可我又想到另外一个问题。当年还没有现在这样的简化字，写的都是繁体，今天的青年读起来恐怕有些困难。但是，我一向认为，今天的青年，如果想提高自己的文化修养，特别是如果想做一点学问的话，则必须能认识繁体字。某人说的“识繁写简”一句话是极有道理的。因为，无论把简化字推广到什么程度，决不能把中国浩如烟海的古籍都简体化了，那是无法想象的事。读点繁体字的书是事出必要理有固然的。我的日记在这方面对青年们或许有点帮助的。

以上就是我影印日记的根由。

日 记

我生平一共记过两次日记：这以前是日记的开始，这以后是日记的复活。

我尝想，日记是最具体的生命的痕迹的记录。以后看起来，不但可以在里面找到以前的我的真面目，而且也可以发现我之所以成了现在的我的原因——就因为这点简单的理由，我把以前偶而冲动而记的日记保持起来，同时后悔为什么不继续下来；我又把日记复活了，希望一直到我非停止记不行的时候。

是的，这些日记实在不成东西，这我比谁都知道的清楚。但是这些日记所占的期间却在我生活史上是再重要没有的了。这以前我不曾记过什么日记，这以后也不曾，却单在这时候来冲动地记了一下，不能不说，是一个奇迹了。在这期间，五三惨案[①]刚过，我精神是受刺戟萎靡到极至了。又失学一年（生平未曾失过学），在家里踡伏着。同时，使我最不能忘的（永远不能忘的）是我的 H.[②]竟然（经过种种甜蜜的阶段）使我得到 der Schmerz[③]的真味。我现在想起来仍然心里突突地跳——虽然不成的东西，也终于成了东西了。

一九三二，九，十三，晚九时自记

清华园

以上的这些日记，我始终认为是我生命史中顶有意义的一页。到了无聊到极顶的时候，我便取出来看看，使回忆的丝缕

① 五三惨案：又名济南惨案。1928 年日军侵略军为了阻止国民政府北伐军北上，于 5 月 3 日出兵侵占济南，血腥屠杀中国军民，死伤达万余人。日本侵略军占领济南一年多，1929 年退出。

② H.：作者的夫人彭德华。

③ der Schmerz：痛苦（德文）。

牵住了过去的时光，对我，最少对我，是再痛快没有的事了。

一九三三，五，二八

在清华园

时日兵迫城，校内逃避几空。大考延期，百无聊赖。

室外天色阴沉，雷声殷殷。

二十一年 八月二十二日

日记刚复活了，第一天就忘记了去记，真该打！总说一句，现在的生活，可以说是很恬静，而且也很机械（不如说单调）——早晨读点法文、德文。读外国文本来是件苦事情，但在这个时候却不苦。一方面读着，一方面听窗外风在树里面走路的声音，小鸟的叫声……声音无论如何噪杂，但总是含有诗意的。过午，感到疲倦了，就睡一觉，在曳长的蝉声里朦胧地爬起来，开始翻译近代的小品文。晚上再读点德国诗，我真想不到再有比这好的生活了。

二十三日

真混蛋，今天又忘记了。

同昨天差不多，仍是作那些事情。

把用不着的棉衣寄到家里去。

晚上长之来访，说刚从城里回来，并且买了许多画片。他接到大千的来信，信上说柏寒有失学的可能。我们同样经济压迫下的呻吟者，能不悚然吗？长之说，最好多作点东西卖钱，把经济权抓到自己手里。家庭之所以供给我们上学，也〈不〉过像做买卖似的。我们经济能独立，才可以脱离家庭的压迫。我想也是这样。

接到梅城姐的信，说彭家爷爷于八月十五日（我起身来平的第二日）死去了。人生如梦，可叹！

二十五日

以前我老觉到学生生活的高贵，尤其是入了清华，简直有腚上长尾巴的神气，绝不想到毕业后找职业的困难。今年暑假回家，仿佛触到一点现实似的。一方又受了大千老兄（美国留学生）找职业碰壁的刺戟——忽然醒过来了，这一醒不打紧，却出了一身冷汗。我对学生生活起了反感，因为学生（生活）在学校里求不到学问，出了校门碰壁。我看了这些摇头摆尾的先生我真觉得可怜呵！

我对学问也起了怀疑。也或者我这种观念是错误的。

现在常浮现到我眼前的幻景是——我在社会上能抢到一只

饭碗(不择手段)。我的书斋总得弄得像个样——Easy chairs，玻璃书橱子，成行的洋书，白天办公，晚上看书或翻译。我的书斋或者就在东屋，一面是叔父的。婚姻问题，我以前觉得不可以马虎，现在又觉得可以马虎下去了。

我时常想到故乡里的母亲。

二十六日

刚吃完饭，长之又来找我谈，谈的仍是徐志摩。他说自徐死后，这些纪念文字都没谈徐在文坛的价值。我想这也难怪，因为纪念徐志摩的这些人都是他的朋友，蓦地一个亲爱的朋友死了，他们在感情上是怎样大的创伤呵！他们的感悼还写不完呢，谈他的价值，是以后的事了。比如我们一个朋友死了，我们作文章纪念他，这文章登出去，别人一样拿来当艺术品(自然够不上)读，我们这死朋友不必在文坛上或什么坛上有多大价值。长之说，这样还不如印荣哀录或挽联录。这话仍是他的偏见。

后来，他又说，要组织一个德国文学研究会，请杨丙辰作指导。

过午睡了一过午，晚间还是困，真不〈得〉了。

理想不管怎样简单，只要肯干，就能成功，“干”能胜过一切困难，一切偏见——这是我读《新月》“志摩纪念号”任鸿隽译的《爱迪生》起的感想，长之释之曰：干者生命力强之谓也。

二十七日

今天是孔子的诞日，偶然从长之的谈话里，我才知道的。

近几日来，大概因为吃东西太多太杂，总觉得胸口里仿佛有东西梗着似的。今天尤其利害，弄得一天不舒服，以后吃东西非要小心不可。这几天来总是阴沉沉的，今天过午又忽淋淋地下起雨来。我觉得非常寂寞，因为岷源进了城了。我跑阅报室跑了好几趟。内田发表狂谬的演说，汪精卫、张学良演的戏……都引不起我的兴趣。我对所谓报屁股或社会新闻（尤其是《上海报》，最近我才开始看《上海报》）倒很感到兴趣。

早晨仍是读法德文。过午用了一过午的工夫把Don Marquis的《一个守财奴的自传》的序译完。我译东西，无论多短，很少一气译完的，这还是第一次的。

晚间，躺在床上看《新月》，听窗外淅淋的雨声，风在树里走路声。

最近我老感到过得太慢，我希望日子过得快一点，好早叫我看到William Blake的诗。

二十八日

昨天受了一天寂寞的压迫，今天忽然想到进城。一起来，天色仍阴沉沉的，昨天晚上也似乎没断地下着雨。

先到了静轩兄（坐 Bus）处。吃过了饭（西来顺），就同静轩同访印其，因为我昨天看到今天梅兰芳在开明演《黛玉葬花》，想揩他的油，教他请我的客。他允了。因为必先事购票，所以我俩二点就开拔往前门外买好了票，时间尚早，乃同往琉璃厂徘徊，以消磨时间。然而时间却越发显得长。

吃晚饭在五点。我不高兴女招待，所以便找没女招待的铺子，然而结果却仍是有。只一个，十五六岁，在生命的重担下作出种种不愿作的举动，真可怜呵！

饭晚时间仍早，乃同往天桥。到天桥来我还是第一次。各种玩意全有，热闹非常，每人都在人生的重压下，戴了面具，作出种种的怪形。真配称一个大的下等社会的 Exhibition。

戏是晚七点开演，演者有萧长华、尚和玉、王凤卿、程继仙等。因没有买到头排，在后排有时就仿佛看电影似的。但是这是我第一次在北京看旧剧，而北京旧剧又为全国之冠，所以特别觉得好。最末一出是梅的黛玉，配角有姜妙香等。在开台之先，先休息几分钟，黄锦幕落下，开幕时全台焕然一新，平常拉胡琴等皆在台上，台下人皆看得到，我以为不很好，应改良。在梅剧里果然改良了。我心里有一种说不出的感觉，仿佛有什么压着似的，在期待梅的出现。我双目注视着右边的门（出门)，全球闻名伶界大王就会在那里出现，我真觉到有点奇迹似的。终于，出现了，我的眼一晃，又狠命睁一睁，到现在我脑里还清清楚楚画着当时的他的像。果然名不虚传，唱音高而清，作工稳而柔，切合身分，亦天才也。我对旧剧是门外汉，我觉着今晚唱得最好的是梅和姜妙香(名小生)，我仿佛中了魔似的，我还要再看他的戏呢。

剧后，坐洋车返西城。车经八大胡同，对我又一奇迹也。宿于静轩处。

今天总之是很充实的，很富于变化和刺戟的：天桥第一次去，梅第一次看，八大胡同第一次走，对我无一不是奇迹。是今总之是很充实的。(二十九日晚补记)

三十日

自来对德文就有兴趣，然而干了二年，仍是一塌糊涂，可恨之极，是后每天以二小时作为德文之用。

三十一日

早晨起来仍继续抄Don Marquis，到图书馆查了《大英百科全书》Marquis的传，译了附在文后。Marquis是诗人，剧作家，而所写的东西总有幽默的色彩。即如这一篇，骂犹太人贪财，但是许多人何尝不这样。而且在这里面还能看出来，人们(是)对特有的一件事的沾执(长之说)。

读法文。饭后读德文。

晚上到长之屋里看了看。大千替找的350号房子听说开着门，我去看了看。原来(听娄说)江世煦还在杭州。同工友说好了，又跑了一趟拿一床毯子铺在床上，以防人占，房子问题算放了心了。

我对长之总不满意，某人要对他好，他总捧他，我还是说他 Prejudice 太大。

九月七日

今天是新同学入校办理手续的第一天，挺胸歪帽不顺眼者颇不乏人。体育馆内大行其 Toss，共有十三项之多。

早晨导李秀洁等赴注册部，由八点至十一点始得完毕，可见拥挤之甚。又至医院。午饭归来，一觉黄粱，二时半始醒，盖早晨往来于体育馆注册部者不下三次矣。

午饭前，在大千室与长之谈话，彼以反对 Toss 未成，颇有意气用事之状！

李等对 Toss 颇形踌躇，最后乃决心 pass 毕。缴费注册赴宿舍办公室，一人一抽签，真真岂有此理，争之不可，吵之不可，乃抽。李秀洁住三72(与人对移至55)，刘玉衡住三62，张彦超住二67，张延举住63。

晚一梦至十点半。

《西游补》读完，我觉得这是非常非常好的一部书，完全以幻想为骨干，利用旧的材料，写来如行云流水，捉摸不定，写幻想至此，叹观止矣。其中卖弄才情，乃文人结习，不足深怪。

九日

早晨除了读了点法文以外，可以说什么也没干。我老早就想到阅报室里去，因为我老希望早些看到我的文章登出来。每天带着一颗渴望的心，到阅报室去看自己的文章登出来没有，在一方面说，虽然也是乐趣，但是也真是一种负担呵。

午饭后Herr武来室内送书，他躺在床上看《西游补》，我不好意思去睡，于是伏在桌上哈息连天，真难过啊，好歹他走了，于是一梦黄粱。

晚饭后访李等。在合作社遇梁、严、郭，说刚找我没找到。跟着他们巡视一周。回室又无所事事了。

这几天因学校正是混乱时期，我的心也终日萍似的飘流着。

十日

昨夜，在朦胧的梦里，听唰唰的声音，风呢？雨呢？不管它，又睡去了。

今天起来，果然下了雨了，而且还很大。雨水顺着墙流到窗子上，一滴滴往下滴，溅得满桌子是水。最近多时不下雨，心里也有点望雨，不意移居后的第一次雨，就闹水灾。

水灾没完，接着是饥荒。早晨心里仿佛塞满了云也似的，飘飘的，不能读书，看着窗外云气苍茫一片浓翠色的乡园，如有诗意。午饭时候，仍不停。叫工友买面包，又没有，饿了个不亦乐乎！

过午到 Herr 王处闲扯。

回来坐在窗前，看烟笼着的远树，白云一片片在山腰里飞。雨过了，山色本来是苍翠有点近于黑的，衬上白云，云越显得白，山也越显得黑了。

晚上找 Herr 施闲扯，遇小左，大扯一气。Herr 施劣性大发，没出息。

十一日（星期）

今天晨间天空又下起雨来。

我冒雨到图书馆去看报，我的稿子还没登出，妈的。

又到邮政局去寄袜子（上元街），星期不寄。发致梅姐信。

翻江君书，翻到两本凫公的《人海微澜》，有吴宓序，作得还不坏。今天全部时间都消磨在读这本小说了。

过午，施、王、武三君来室闲扯，竹杠满天飞，终于谁也没敲着。一同访 Winter，碰橡皮钉一枚。

今天早晨功课表出来了，我一共四十二学分。

今天买了本 *Faust* 英译本，一元五。

十五日

今天是旧历的八月十五。早晨跑到一院去旁听 Greek，只有一个女生在教室里，我没好意思进去，Ecke 也终于没来。回来读了点法文，吃了晚饭就到武那里一直谈到九点半。

Herr 王真没出息，眼光如豆，具女人风。

昨天同杨先生上燕大，走了成府，在一个小庙前面看见一条狗，撒完了尿以后，正□着腚抓土。我想它的意思（或者是遗传下来的习惯）是想把尿埋了，然而它所抓的土量极少，而方向也不对——这也是形式主义了。

今天一天弄得难过，一方面因功课关系，一方面因心情不好。三年德文只有两人选，明年只有我一个人，倘若不能开班，毕不了业，岂不殆哉。

十七日

饭后先到碧云寺，到石塔上一望，平原无际，目尽处惟烟云缭绕而已。塔后长松遮天。我在树中最爱松树，因无论大小，它总不俗，在许多乱杂的树中，只要有一松，即能立刻看见。下塔至水泉院，清泉自石隙出，缓流而下，声潺潺。院内清幽可爱。来碧云寺已两次，皆未来此院，惜哉。

出碧云寺至香山，循山路上，道路苍松成列，泉声时断时闻。上次来香山，竟未闻水声，颇形失望，今次乃闻或因近来雨多之故欤。至双清别墅，熊希龄住处也，院内布置幽雅，水池一泓，白鹅游其中。又一小水池，满蓄红鱼，林林总总来往不辍，但皆无所谓，与人世何殊，颇有所感。循水池而上，至水源，状如一井而浅，底铺各色石卵，泉由石口出，波光荡漾，衬以石子之五色，迷离恍惚，不知究为何色，颇形佳妙。但究有 artificial 气，为美中不足。至双清至香山饭店，门前有听法松。下山乘自行车至卧佛寺。这里我还是初次来，金碧辉煌，仿佛刚刷过似的。此寺以卧佛出名，但殿门加锁，出钱始开。佛较想象者为小，但有庄严气，院内有娑罗树一颗，灵种也，折一叶归以作纪念。

出卧佛寺乃归校。

二十一日

早晨仍然下雨，透过窗子，仍然可以看见濛濛的灰云笼住远山近树，但为功课所迫，没那么些闲情逸致。

我以为老叶不上班，他却上了，我没去，不知放了些什么屁。

小说，吴可读说得倍儿快，心稍纵即听不清楚。

俄文没去，因为太费时间。今年课特别重，再加上俄文实在干不了，马马虎虎地干也没意思。

买了一本 *Chief Modern Poets*，老叶的课本，九元七角，据说是学校 order 的，这价钱是打过七折的，印得非常好。

今天我忽然想到，我真是个书迷了。无论走到什么，总想倘若这里有一架书，够多好呢！比如游西山，我就常想到，这样幽美的地方，再有一架书相随，简直是再好没有了。

过午读 Keller，生字太多，非加油不行。

日记是在摇曳的烛光里记的。

二十三日

早晨只是上班，坐得腚都痛了。

过午，第二次 Ecke 开始进行功课。Keller 文章写得不坏。

在下了课回屋的时候，我接到秋妹的一封信。报告了三个消息，一个是小宝死了，据说是中毒死的。这么乖巧的个小孩竟死了，我还有什么话说呢。一个是王妈死了，我真难过，她这坎坷的一生，也尽够她受的了。早年丧夫(秀才)，晚年丧子，一生在人家佣工，〈为〉何上帝造人竟这样不平等呢？竟这样不客气。自去年我听到她病了回家以后，我只是难过，但仍然希望她不至于死，或者可以再见一面，然而现在绝望了，我真欲哭无泪啊！回想我小的时候，她替我扇蚊子，我有什么好处对她呢？

——王妈死了，一个好人。

自去年因家中多故，又兼“六亲同运”，我仿佛眼前忽然开朗了，仿佛去了一层网似的，我对人生似乎更认识了。

三是报告德华有喜。我简直不知道是喜是悲。一方面我希望这不会是真的，一方面我又希望。I don’t myself know whether I am happy or sorry。我的思想时常转到性欲上去，我这时的心情，我个人也不能描写了，我相信，也没有人能够描写的。

晚上杨丙辰先生请客，在座的有巴金(李芾甘)，真想不到今天会能同他见一面。自我读他的《灭亡》后，就对他很留心。后来听到王岷源谈到他，才知道他是四川人。无论怎样，他是很有希望的一个作家。

吃了个大饱，日记是在摇曳的烛光下记的。

二十九日

今天一天实在没有可记的事情。

早上班，晚上班。

三十日

现在上起班来，生活实在觉着太单调。

早晨一早晨班，屁股都坐痛了。

过午检查身体，累了个不亦乐乎，回屋来就大睡其觉，一直 Herr 田同 Herr 陈进来才醒。

晚上也没有什么东西，懒病大发，瞪着眼看桌子，却只是不愿意看书。

十月二十八日

早晨连上两班吴可读的课，真正要命已极，吴可读怎么能从 Oxford 毕业呢，真笑天下之大话。

过午跑一千六百米，共四圈，因为缺少练习，跑到第二圈上就想下来，好歹携着两条重腿跑下来，头也晕，眼也花，也想吐，一切毛病全来。澡没洗好，就赶快回到屋里来，大睡。

又到民众学校上课。又难办，学生程度不齐，而设备又不够。

今天我用所得的稿费请客——肥鸭一只。

晚上东北同乡开募捐游艺会，我的票送柏寒，没去。同长之闲扯，我觉到他是从感情到理智进行着的，他不能写小说。然而他不服气。

同访杨丙辰，谈少顷即回屋。

预备法文。

二十九日　星期六

不觉已经记完了一本，我现在愈加感觉到日记的需要，以后大概不会再间断了罢。

三十一日

早晨只上了一班法文，其余的时间都用在抄关于 Buck 的消息的稿，完了，寄了去。过年预备德文。

晚上上杨丙辰先生的班，讲的是 *Faust* 的结构。因为伤风太利害，早睡。伤风几乎成了我的家常便饭，几乎每天有，不知是甚么原因。

昨天日记忘记了几件事要写——第一，我买了几〈本〉旧书（其实昨天没忘，是我现在忘了，又重写一遍）；第二，我坐汽车进城的时候，我观察到几乎每个人头上都有顶毡帽，然而又都非常难看。在车窗外面，猛一闪我又看见了一个戴瓜皮帽的。因此想到，毡帽实在是西洋的东西，现在是被中国采用了。同时又有瓜皮帽存在着，实在是一种不调和。就这种不调和实在是人生一切悲剧的起因，再进一步说一句，不调和就是人生，人生就是不调和的。

十一月十日

法文下后看杂志。Shakespeare 我没去。

午饭后，我〈在〉Herr 王屋玩骨牌，不觉已经一点半钟，我觉时间过得快再不比“能赌博”。

过午看小说，晚上看小说——结果又是头昏眼花。我近来常感觉到肩上仿佛多了点东西——就是平常所说的担子吗？倘若可能的话，我还想大学毕业后再作进一步的研究。我总觉得大学毕业平常人以为该是作事的时候，我却不以为然。大学毕业是很不容易的，毕业不能继续研究，比中学毕业还难堪！我有个偏见，中学是培养职业人才的地方，大学是培养研究人才的地方。

十一日

今天考小说，题目多而容易。满满写了四张，颇觉满意，今年我们功课虽多，而预备极容易。

过午，英文没上。体育打篮球。

到民众学校去上课。一共十几个人，然而程度相差，可分为七八级，教着真难。

民众学校送来电影票一张。凡同学在民众学校服务的每星期都有享受看电影的便宜，也不错。今天演的是金焰、王人美合演的《野玫瑰》，前半还不坏，最后扯上国难，结果一齐加入义勇军。这是最近小说、电影一个Tendency，总得扯上国难，然而大半都非常生硬。我并不反对宣传，然而我总觉得这种宣传仍是劳而无功。

明天放假，后天又是星期，心境颇优适。

二十五日

星期五，早晨仍然只上法文，别人一律大刷，仍然看关于Galsworthy的参考书。

过午上体育，下来仍然看。

因为明天没班了，晚上更放心大胆地看Galsworthy。工作紧张的态度同昨天差不多，头有点痛了。

以上几天的日记，和以下三天的都是二十九日补记的，作这篇 Galsworthy，直费了我五整天的工夫，参考书十余本，五天之内读千数页的书，而且又读好几遍，又得写，这还是以往没有的纪录。这几天每天都几乎到下一点睡，早晨醒得又极早，只有 Galsworthy 盘桓在我脑子里。我觉到这种刺激非常有趣。在近几天以内，我又要开始作 Hölderlin 呢。

二十九日晨写

十二月一日

星期四，今天早晨上三班。又叫王文显念了一通，我干抄了一遍，结果手痛了。

过午看同志成中学赛足球和女子篮球。所谓看女子篮球者实在就是去看大腿。说真的，不然的话，谁还去看呢？

十七日

今天本来预定看的书极多，然而结果等于零。原因是——

早晨正预备看书，长之拿了一份 *Monde*，上面有 Henter Barbusse 作的一篇论 Zola，叫我翻译，是张文华的《文学周报》上要，Barbusse 左倾，张这周报，据我看也有点左倾，我之答应去译，并不是我喜欢“左”，也并不是我喜欢 Barbusse。实在因为我学一年半法文，还没有译过东西，有这机会来试一试也不坏——所以就答应。然而就有了苦吃——生字多。

过午同辅仁赛篮足球，我还能在屋里安坐吗？站了一过午，结果清华两路人马败北。

晚上更忙了。民众学校送来电影票，片子是*Shadow*，还能不去吗？去了，结果是失意。乱七八糟，莫明其妙，加入了两个中国人，怪头怪脑。又杂了传教，我从来没有看过这样坏的片子。

二十二年　十二月二十日

无聊的工作，无聊的人，怎样这样使人感到无聊，早晨在图书馆忙了一早晨，无聊地，作Philology的reading report，说是作，有点不妥，不如说抄。

无聊地抄。

晚上终于抄完了，不由自己长叹一口气。

老想把《心痛》抄出来，但是，说也奇怪，我总〈觉得〉它太好了，不忍抄，其实抄了又有什么坏处呢？好不能仍然好吗？但是我却觉得不，理由我自己也不知道。

二十一日

今天把早就想写的《自咒》写完了，但是自己极不满意，心里仿佛塞着什么东西似的不痛快。同长之长谈，他劝就这样写下去。

又同施君长谈，他对我写的这种诗般的散文颇不赞成，这使我惊奇，然而同时也使我回省，我以前并没想到会有人反对这种体裁。

晚上想抄《心痛》，又没抄，只把《哭母亲》抄了一点。

二十二日

终于开始抄《心痛》了，写文章真不是易事，我现在才知道。即如这一篇吧，当初写着的时候，自己极满意。后来锁在抽屉里，也颇满意。现在抄起来，却又不满意。我所牺牲的精力是这样多，现在却落了个不满意。你想，我是怎样难过呢？但是，我还有点希望，就是看别人的意见怎样。

抄了一天，没完。

晚上在抄的时候，又想到母亲，不禁大哭。我真想自杀，我觉的我太对不住母亲了。我自己也奇怪八年不见母亲，难道就不想母亲么？现在母亲走了，含着一个永远不能弥补的恨。我这生者却苦了，我这个恨又有谁知道呢？

二十三日

今天终于把《心痛》抄完了——这篇文章曾给我大的欣慰，同时又给我大的痛苦。作的时候，我喜欢它，抄的时候，我讨厌它。但是无论如何我又颇重视它，我希望它成为一篇杰作，但我又怀疑。我真痛苦。为文章而受这样的痛苦，还是第一次。

我给长之看，我对他要求的是极端的批评。

二十四日

早晨我在被窝里，长之看完了《心痛》来找我谈了，他说形式松而内容挤，还有许多别的意见，我都颇赞同，但是我自检查自己，在心的深处仿佛藏着一个希望，就是希望他说这篇文章好。

过午又想写文章，只写了两个开头，写不下去了。

晚上又想到母亲，又大哭失声，我真不了解，上天何以单给我这样的命运呢？我想到自杀。

二十七日

今天《枸杞树》居然登了出来，不但没有不登，而且还登得极快，这真是想不到的事。而且居然还有几个人说这篇写得不坏，这更是想不到的事——我真有点飘飘然了。

今天早上非常懊丧。我自己想：倘若这篇文章不登(其实是不关紧要的事)，我大概以后写文章也不会起劲，也许干脆就不再写。前几天，长之告诉我，沈从文很想认识我，我怎好去见他呢？

——居然登了出来，万事皆了。今天大雪。

二十八日

外面雪不下了，早晨天还没亮，雪光照得屋里发着淡白光。

一天都仿佛有雾似的，朦胧一片白色，远处的树只看见叶子，近处的树枝上都挂着一线线的雪。吴宓说："今天应该作诗。"真是好的诗料。但是外面虽然是有诗意的美景，但关在屋里作的却是极不诗意的工作——作reading report。

二十三年　一月五日

看Norwood的*Greek Tragedy*，意在看Summary。连看加抄，早晨干了一早晨。

吃了午饭，忽然看到窗外。早就想写一篇《窗外》，一直没动笔，今天忽然似乎灵感来了，于是写。脑筋里计划得非常好，但写出来却不成东西。

晚上抄《黄昏》。

六日

今天文学季刊社请客，我本来不想去，长之劝我去，终于去了。同车者有林庚、俞平伯、吴组缃。

下车后，因为时间早，先到前门、劝业场一带走溜，十二点到撷英番菜馆。

群英济济，三山五岳的英雄好汉群居一堂，约百余人。北平文艺界知名之士差不多全到了，有的像理发匠，有的像流氓，有的像政客，有的像罪囚，有的东招西呼认识人，有的仰面朝天一个也不理，三三两两一小组，热烈地谈着话。

到会的我知道的有巴金、沈从文、郑振铎、靳以、沈樱、俞平伯、杨丙辰、梁宗岱、刘半农、徐玉诺、徐霞村、蹇先艾、孙伏园、瞿菊农、朱自清、容庚、刘廷芳、朱光潜、郭绍虞、台静农等。

两点散会，每人《文学季刊》一册。访露薇不遇。在市场遇长之，又再访之，直追至王姓家中，才找到他——四点半回校。

颇乏，脑海里老是晃动着这个会影子，那一个个的怪物都浮现出来。

七日

看《文学批评》，看了一天。

这几天又忽然穷起来。昨天进城的时候，只剩了一元六角钱，汽车洋车费用去了一元。我本不想进城，但终于去了，结果，带了仅余的六角钱回来。

我现在真急需用钱，稿纸要买，墨水要买。说起稿纸，更可怜。《黄昏》只抄了一页，就因为没了稿纸抄不下去。

写给家里要钱的信，只不见复。

好不急煞人也。

十日

今天开始学期考试，我没有什么考。

一天都在同文学批评对命，结果是一塌糊涂，莫名其妙。

在事前，我知道这次考试不成问题，然而到现在临起阵来却还有点惊惶。我自嘲道“自小学到大学，今大学又将毕业，身经何虑大小数百阵，现在惊惶起来，岂不可笑吗？”

十一日

说惊惶，还真〈有〉点惊惶。早晨七时前就起来了，外面还没亮。

考古代文学，大抄一阵。

考文学批评，颇坐蜡，但也对付上了。

考完了，又觉得没事干，到书库查书。

晚上，到图书馆抄《黄昏》，只抄一页多。

今天家里仍然没寄钱来，颇急，但因而多少也多了个希望，希望能在桌上发见挂号信条，一天也仿佛更有意义似的。

十二日

今天颇痛快——家里的钱寄到了，《黄昏》也抄完了。抄完了一看，自己还颇满意，想把它寄出去，试试它的命运，同时，也就是试试我的命运。

一天没有什么事干，看小说。徐志摩的《轮盘》，太浓艳。郁达夫的《自选集》，简直不成话，内容没内容，文章不成文章。

忽然又想到将来——我同长之谈：我决意努力作一个小品文家。关于研究方面，也想研究外国的小品文，和中国小品文的历史，他极赞成。

十三日

虽然还有一样没考，但总觉得不成问题，好像已经没了事可作一样——但也就得到更大的无聊和淡漠，一天东晃西晃，不能坐下读书。

果然把《黄昏》寄出去了，寄给《文艺月刊》，不知命运如何，看来是凶多吉少吧。

二十六日

又开始无聊了。早晨东晃西晃，过午仍然东晃西晃。

分数差不多全出来了，真使我生气，有几门我简直想不到我能得那样坏的分数。这些教授，真是混蛋，随意乱来。

因为分数的关系，又想到将来能否入研究院，山东教〈育〉厅津贴能否得到——心里极不痛快。

二月三日

早晨去注册，觉得这是最后一学期的注册了，心中颇有空漠的感觉，像悲哀，又不像。

仍然写《兔子》，不很满意，然而又满意，莫知其如何，大概写来总不很顺利。写《年》的时候，虽然不是一气写下来，但是写每段的时候，inspiration 总都像泉涌似的，很充足。让郁达夫说来，也许是“通篇无一败笔”吧，《兔子》则不然。

从图书馆回屋时，邂逅朱光潜，在他屋小坐片刻，晚上又同施君去找他，谈颇久。

终于把《年》寄给《现代》了，大概我想总应该登，其实登不登也没关系。

二十六日

没作什么有意义的事。

想写几篇骂人的文章，也只想出了题目，写来恐怕不能很坏。

我最近有个矛盾的心理，我一方面希望能再入一年研究院。入研究院我并不想念什么书，因为我觉得我的想从事的事业可以现在才开头，倘离开北平，就不容易继续下去。一方面我又希望真能回到济南作一作教员，对家庭固然好说，对看不起我的人，也还知道我能饿不死。

三月二日

昨天记日记竟然忘记了。二月只有二十八天，写了二月二十九日。

今天早晨我有个顶不高兴的事——施闳诰什么东西，随便乱翻我的稿纸。我的一九三四年的《新梦》，他竟然毫不知耻地看起来，真正岂有此理！每人都有几句不能对人说的话，他这种刺探人的阴私〈的〉劣根性竟能支使他作这样的事情！我认为是一种侮辱。

这几天来，不是作summary，就是作bibliography，我自己怀疑：为什么自己不能爬出这无聊的漩涡呢？

我对张露薇不能妥协，我对他的批评是：俗，clumsy，不delicate，没有taste(你看他的外表，和穿的红的衣裳)，胡吹海谤，没有公德心。

五月三日

今天写了一天《夜来香开花的时候》，当构思——其实也说不上是什么构思，只是随便想到而已——有的时候觉得一定有一篇美丽又凄凉的文章，但自从昨天开始写以来，似乎没有一个paragraph写得痛快过，脑袋像干了的木瓜，又涩又皱。

看到《学文》月刊的广告，我的《年》登出来了，非常高兴。

晚上又继续写，写到最后，一直没动的感情终于动了，我大哭起来。

因为想到王妈又想到自己的母亲。我真不明了整八年在短短一生里占多长的时间，为什么我竟一次也没家去看看母亲呢？使她老人家含恨九泉，不能瞑目！呜呼，茫茫苍天，此恨何极？我哭了半夜，夜里失眠。

六日

仍然预备了一天文字学。

近来心情不很好。一方面想到将来，眼看就要毕业，前途仍然渺茫，而且有那样的一个家庭，一生还有什么幸福可说呢？

八日

又拼命看了一天文字学，我仍然骂一声：毕莲混蛋！

最近心情很坏，想到过去，对不住母亲，对不住许多人。想到将来，茫茫，而且还有这样一个家庭。想到现在，现在穷得不得了。

九日

终于把文字学考完了，不管多坏，总是考完了。

心里很轻松，又不高兴念书了。

《文学评论》前途不甚乐观，经费及各方面都发生问题，办一个刊物真不容易。因为种种原因，我对这刊物也真冷淡，写代表人不写我显然没把我放在眼里，我为什么拼命替别人办事呢？

十日

心里一轻松，就又不想念书，于是我又变成游魂了。

晚上，有人请客，在合作社喝酒，一直喝到九点，我也喝了几杯。以后又到王红豆屋去闲聊，从运动扯起，一直扯到女人，以及一切想象之辞，于是皆大欢喜，回屋睡觉。

十一日

今天继续作“游魂”。

因为前几天吃冰激淋太多了，几天来就泻肚，现在却干脆转成痢了。老想屙屎，老屙不出。

晚上同乡会欢送毕业，在工字厅吃饭，我又喝了几盅黄酒，觉得还不坏。饭后到赵逢珠屋里去聊天，一直到九点。

十二日

今天开始抄《老妇人》。心里总觉得没事情作，其实事情多得很，只是不逼到时候，不肯下手而已。

毕业真不是个好事，昨天晚上被人家欢送的时候，我有仿佛被别人遗弃了似的感觉。

六月七日

早晨考古代文学，明知道上班要抄书，但心里总仿佛有件事似的，不能安心睡了下去。六点半就起来，在勉强起来的一要我深深感到睡觉的甜蜜。

过午又考德国抒情诗，是讨论式，结果费了很多的时间，也没什么意思。

昨天又想到母亲，其实我时常想到的。我不能不哭，当想到母亲困苦艰难的一生，没能见她的儿子一面就死去了，天哪，为什么叫我有这样的命运呢?

当我死掉父亲的时候，我就死掉母亲了，虽然我母亲是比父亲晚八年以后死的。

十一日

预备 philology，下午要考。

终于考完了，题目不难。大学生活于此正式告终，心里颇有落寞之感。

原来以为考完了应该很痛快。而今真地考完了，除了心里有点空虚以外，什么感觉也没有。

后记

校完了《清华园日记》排印稿，我仿佛又找到了久已失去了的七十年前的我，又在清华园生活了几年。苏东坡词“谁道人生无再少，门前流水尚能西”。难道这就是“再少”吗?

日记是写给自己看的，什么样的思想，什么样在人前难以说出口的话，都写了进去。万没想到今天会把日记公开。这些话是不是要删掉呢？我考虑了一下，决定不删，一仍其旧，一句话也没有删。我七十年前不是圣人，今天不是圣人，将来也不会成为圣人。我不想到孔庙里去陪着吃冷猪肉。我把自己活脱脱地暴露于光天化日之下。

2002年4月25日 羡林校毕记

选自《清华园日记》，略有删减

做学问

什么是学问？学问源于布衣寒窗，是在学习和苦苦钻研的基础上，一朝顿悟，发前人所未发之秘，辟前人所未辟之境。季羡林先生所经历的曲折与辛酸，是难以想象的。但他始终云淡风轻从容面对，以“跌倒又爬起来”的弘毅精神，“虽九死而不悔”地研究，这种精神，永远是值得我们后辈所铭记和学习的。

我害怕“天才”

人类的智商是不平衡的，这种认识已经属于常识的范畴，无人会否认的。不但人类如此，连动物也不例外。我在乡下观察过猪，我原以为这蠢然一物，智商都一样，无所谓高低的。然而事实上猪们的智商颇有悬殊。我喜欢养猫，经我多年的观察，猫们的智商也不平衡，而且连脾气都不一样，颇使我感到新奇。

猪们和猫们有没有天才，我说不出。专就人类而论，什么叫做“天才”呢？我曾在一本书里或一篇文章里读到过一个故事。某某数学家，在玄秘深奥的数字和数学符号的大海里游泳，如鱼得水，圆融无碍。别人看不到的问题，他能看到；别人解答不了的方程式之类的东西，他能解答。于是，众人称之为“天才”。但是，一遇到现实生活中的问题，他的智商还比不了一个小学生。比如猪肉三角三分一斤，五斤猪肉共值多少钱呢？他瞠目结舌，无言以对。

因此，我得出一个结论："天才"即偏才。

在中国文学史或艺术史上，常常有几"绝"的说法。最多的是"三绝"，指的是诗、书、画三绝。所谓"绝"，就是超越常人，用一个现成的词儿，就是"天才"。可是，如果仔细分析起来，这个人在几绝中只有一项，或者是两项是真正的"绝"，为常人所不能及，其他几绝都是为了凑数凑上去的。因此，所谓"三绝"或几绝的"天才"，其实也是偏才。

可惜古今中外参透这一点的人极少极少，更多的是自命"天才"的人。这样的人老中青都有。他们仿佛是从菩提树下金刚台上走下来的如来佛，开口便昭告天下："天上天下，唯我独尊。"这种人最多是在某一方面稍有成就，便自命不凡起来，看不起所有的人，一副"天才气"，催人欲呕。这种人在任何团体中都不能团结同仁，有的竟成为害群之马。从前在某个大学中有一位年轻的历史教授，自命"天才"，瞧不起别人，说这个人是"狗蛋"，那个人是"狗蛋"。结果是投桃报李，群众联合起来，把"狗蛋"的尊号恭呈给这个人，他自己成了"狗蛋"。

这样的人在当今社会上并不少见，他们成为社会上不安定的因素。

蒙田在一篇名叫《论自命不凡》的随笔中写道：

对荣誉的另一种追求，是我们对自己的长处评价过高。这是我们对自己怀有的本能的爱，这种爱使我们把自己看得和我们的实际情况完全不同。

我决不反对一个人对自己本能的爱，应该把这种爱引向正确的方向。如果把它引向自命不凡，引向自命“天才”，引向傲慢，则会损己而不利人。

我害怕的就是这样的“天才”。

研究学问的三个境界

王国维在他著的《人间词话》里说了一段话：

古今之成大事业大学问者，必经过三种之境界："昨夜西风凋碧树，独上高楼，望尽天涯路。"此第一境也。"衣带渐宽终不悔，为伊消得人憔悴。"此第二境也。"众里寻他千百度，回头蓦见那人正在灯火阑珊处。"此第三境也。

尽管王国维同我们在思想上有天渊之别，他之所谓"大学问"、"大事业"，也跟我们了解的不完全一样。但是这一段话的基本精神，我们是可以同意的。

现在我就根据自己一些经验和体会来解释一下王国维的这一段话。

"昨夜西风凋碧树，独上高楼，望尽天涯路。"意思是：在秋天里，夜里吹起了西风，碧绿的树木都凋谢了。树叶子一落，一切都显得特别空阔。一个人登上高楼，看到一条漫长的路，一直引到天边，不知道究竟有多么长。王国维引用这几句词，形象地说明了一个人立志做一件事情时的情景。志虽然已经立定，但是前路漫漫，还看不到什么具体的东西。

说明第二个境界的那几句词引自欧阳修的《蝶恋花》[①]。王国维只是借用那两句话来说明：在工作进行中，一定要努力奋斗，刻苦钻研，日夜不停，坚持不懈，以致身体瘦削，连衣裳的带子都显得松了。但是，他（她）并不后悔，仍然是勇往直前，不顾自己的憔悴。

在三个境界中，这可以说是关键。根据我自己的体会，立志做一件事情以后，必须有这样的精神，才能成功。无论是在对自然的斗争中，还是在阶级斗争中，要想找出规律，来进一步推动工作，都是十分艰巨的事情。就拿我们从事教育和科学研究工作的人来说吧，搞自然科学的，既要进行细致深入的实验，又要积累资料。搞社会科学的，必须积累极其丰富的资料，并加以细致的分析和研究。在工作中，会遇到层出不穷的意想不到的困难，我们一定要坚忍不拔，百折不回，决不容许有任何侥幸求成的想法，也不容许徘徊犹豫。只有这样，才能得到

① “衣带渐宽终不悔，为伊消得人憔悴”出自柳永《蝶恋花》。

最后的成功。

工作是艰苦的，工作的动力是什么呢？对王国维来说，工作的动力也许只是个人的名山事业。但是，对我们来说，动力应该是建设社会主义社会和共产主义社会。所以，我们今天的工作动力同王国维时代比起来，真有天渊之别了。

所谓不顾身体的瘦削，只是形象的说法，我们决不能照办。在王国维时代，这样说是可以的。但是到了今天，我们既要刻苦钻研，同时又要锻炼身体。一马万马的关系必须正确处理。

此外，我们既要自己钻研，同时也要兢兢业业地向老师学习。打一个不太确切的比喻，老师和学生一教一学，就好像是接力赛跑，一棒传一棒，跑下去，最后达到目的地。我们之所以要尊师，就是因为老师在一定意义上是跑前一棒的人。一方面，我们要从他手里接棒；另一方面，我们一定会比他跑得远，这就是所谓“青出于蓝，而胜于蓝。”

说明第三个境界的词引自辛弃疾的《青玉案》(元夕)。意思是：到处找他(她)，也不知道找了几百遍几千遍，只是找不到。猛一回头，那人原来就在灯火不太亮的地方。中国旧小说常见的“踏破铁鞋无觅处，得来全不费工夫”，表达的也是这个意思。王国维引用这几句词，来说明获得成功的情形。一个人既然立下大志做一件事情，于是就苦干、实干、巧干。但是什么时候才能成功呢？对于这个问题大可以不必过分考虑。只要努力干下去，而方法又对头，干得火候够了，成功自然就会到你身边来。

这三个境界，一般地说起来，是与实际情况相符的。就王国维所处的时代来说，他在科学研究方面所获得的成绩是极其辉煌的。他这一番话，完全出自亲自的体会和经验，因此才这样具体而生动。

到了今天，社会大大地进步了，我们的学习条件大大地改善了，我们的学习动力也完全不一样了；我们都应该立下雄心大志，一定要艰苦奋斗，攀登科学的高峰。

学术大师能不能够超越？

我所要谈的是我考虑已久，别人也多有所论例的一个问题：学术大师能不能够超越？理科的我不谈，只谈人文社会科学方面的真正的大师。我的重点是“真正的”三个字，那一些自命为“大师”或者想让别人把自己捧成大师的人，不在我谈论的范围内。

俗话说：“长江后浪推前浪，世上新人换旧人。”又说：“青出于蓝而胜于蓝。”还有什么“雏凤清于老凤声”。类似的俗话和诗句，多得无法一一列举。意思只有一个，就是后人胜于前人，超越前人。从一般意义上来看，这个意思并没有错。随着人类社会的发展前进，总会不断有新的发明创造出现，总会不断有新鲜事物产生，你能说这不是后人胜于前人吗？至于中国古代的儒者和非儒者迷信尧舜禹汤文武周孔，陶渊明迷信“羲皇上人”，恐怕主要是从伦理道德方面着眼的。我想，谈到伦理道德，人类恐怕是越来越差劲，这是题外的话了，这里且不再谈。

我过去对新胜于旧的说法一向深信不疑，使我的信念动摇的是一次偶然的事件。我读马克思的一篇文章，其中说：希腊神话具有永恒的魅力。“魅力”而又“永恒”，不能不逼我深思。我理解的马克思主义总是主张新胜于旧的，主张人类总是前进的。希腊神话当然是旧东西，它怎么能永恒又有魅力呢？

我对这个问题反复思考，但自己的悟性不高，终于达不到很高的水平。我觉得，在地球上突出一些高山，仅仅一次出现；但它们将永恒存在，而且是不可超越的。在人类文学史和学术史中，不论中外，有时候会出现一些伟大诗人和学者，他们也仅仅一次出现；但他们也将永恒存在，而且不可超越。论高山，比如喜马拉雅山、泰山、华山等等都是。论诗人和学者，中国的屈原、李白、杜甫等等，西方的但丁、莎士比亚、歌德等等都是诗人。中国的孔子、司马迁、司马光以及明清两代的黄宗羲、顾炎武、戴震、王引之父子、钱大昕等等都是学者或思想家。画家、书法家、音乐家也可以举出一些来。他们都是仅仅一次出现的，拿他们同高山相比，也是不可超越的。赵瓯北的诗：“江山代有才人出，各领风骚数百年。”历史已经证明了，这个说法是站不住脚的。

我在上面强调了仅仅出现一次和不可超越，希腊神话就符合这个条件。但是仅仅出现一次还不行，仅仅出现一次必须是伟大的精粹的东西，才能不可超越。那些低矮庸陋的人物和事件，也都是仅仅出现一次的。但是他们和它们有什么值得超越的价值呢？他们和它们自己就会化为尘埃，销迹得无影无踪。

专就人物而论，他们之所以不可超越，是由于他们的伟大。若就对大自然，对人类社会，对人类自身的了解而论，古人不管多么伟大也比不上现代的人。李白、杜甫、王羲之、贝多芬、达·芬奇等等，不但不懂电子计算机，他们连原始的火车都没有见过，他们的伟大决不是靠这些东西，而是靠他们的天才。现在，在即将进入21世纪之际，连一个小学生都知道的东西，特别是科技方面的东西，都比古代中外大师、大诗人、大学者、大音乐家、大画家等等要多得多。但是，除非他们是一群疯子，有谁敢称超过了李白、杜甫等的诗歌，孔子的思想，贝多芬的音乐，达·芬奇的绘画呢？我的意思并不是说，今后不会再有不可超越的大师出现了，大师还会出现的。我想改一改赵瓯北的诗："江山代有大师出，各领风骚无数秋。"

我在上面绕了很大一个弯子，刺刺不休地说了些别人可能认为是梦呓而我自己则认为是真理的话。这些都是楔子，我的目的是在讨论中国近现代学术大师的问题。自清末以来，中国学术界由于种种原因，陆续出现了一些国学大师。我个人认为，最主要的原因是西方文化、西方学术思想和哲学思想以排山倒海之势涌入中国，中国学坛上的少数先进人物，接受了西方的影响，同时又忠诚地继承和发展了中国古代优秀的学术传统，于是就开出了与以前不同的鲜丽的花朵，出现了少数大师，都是一次出现而又不可超越的。我想以章太炎划界，他同他的老师俞曲园代表了两个时代。章太炎是不可超越的，王国维是不可超越的，陈寅恪是不可超越的，汤用彤也同样是不可超越的。

我在上面多次讲到“不可超越”，是不是指的是学术到了这些大师手里就达到了极巅，达到了终点，不能再发展下去了呢？完全不是这个意思。学术会永远存在的，学术会永远发展下去的，只要地球存在，就有学术存在。但是，学术发展的道路不是平坦的，不是永远一样的，不是均衡的。在这一条大路上，不时会有崇山峻岭出现，这种情况往往出现在有新材料被发现，有新观点出现，于时夤缘时会，少数奇才异能之士就会脱颖而出，这就是大师。大师也并不能一下子把所有的问题都能看到，又都能解决。大师解决的问题也不见得都能彻底，这就给后人留下了进一步探讨的余地。就这样，大师一代接一代地传下去。旧问题解决了，新问题又出现，永远有问题，永远有大师。每一个大师都是不可超越的，每一个大师都是一座丰碑。这一些丰碑就代表着学术的进步，是学术发展的道路上的一座座里程碑。

选自《〈汤用彤全集〉序》，略有删改

天下学问之事

清代桐城派主将姚鼐《复秦小岘书》说:“天下学问之事,有义理、文章、考证三者之分,异趋而同为不可废。”我觉得,这种三分法是符合实际情况的,它为后来的学者所接受,是十分自然的,它也为我所服膺。

在三者之中,我最不善义理,也最不喜欢义理。我总觉得,义理(理论)这玩意儿比较玄乎。公说公有理,婆说婆有理。一个唯心主义与唯物主义的矛盾,矛盾了几千年,到现在还没有哪一个理论家真正说透。以我的愚见,绝对纯之又纯的唯心主义和唯物主义,都是没有的。说一部哲学史就是唯心主义和唯物主义的斗争史,显然也与历史事实不完全符合。特别是最近几十年以来,有一些理论家,或者满篇教条,或者以行政命令代替说理,或者视理论如儿戏,今天这样说,明天那样说,最终让读者如对丈二和尚,摸不着头脑。反正社会科学的理论不像自然科学的实验那样，乱说不能立即受到惩罚。搞自然科学，你如果瞎鼓捣，眼前就会自食其果，受到惩罚。社会科学理论说错了，第二天一改，脸也用不着红一红。因此，我对于理论有点敬鬼神而远之。这类的文章，我写不出，别人写的我也不大敢看。我对理论的偏见越来越深。我安于自己于此道不擅长，也不求上进。

这并不等于说，我抹煞所有的理论。也有理论让我五体投地地佩服的，这就是马克思主义的根本理论。经过了几十年的学习与考验，我觉得，马克思主义的根本理论完全反映了客观现实，包括了历史、人类社会与自然界。即使马克思主义仍然要不断发展，但是迄今它发展达到的水平让我心服口服。

这种轻视理论的做法是不是一种根深蒂固的偏见呢？可能是的。一个人难免有这样或那样的偏见。即使是偏见吧，我目前还不打算去改变。我也决不同别人辩论这个问题，因为一辩论，又是公说公有理，婆说婆有理，最终弄得大家一起坠入五里雾中。我只希望理论家们再认真一点，再细致一点，再深入一点，再严密一点。等到你们的理论能达到或者接近马克思主义基本理论的水平时，无需辩论，无需说明，我自然会心悦诚服地拜倒在你们脚下。

谈到文章，我觉得，里面包含着两个问题：一个是专门搞文章之学的，一个是搞义理或考证之学而注意文章的。专门搞文章之学的是诗人、词人、散文家等等。小说家过去不包括在里面。这些人的任务就是把文章写好，文章写不好，就不能成为诗人、词人、散文家、小说家。道理一清二楚，用不着多说。搞义理或考证之学的人，主要任务是探索真理，不管是大事情上的真理，还是小事情上的真理，都要探索。至于是否能把文章写好，不是主要问题。但是，古人说：言之无文，行之不远。孔子要求弟子们在讲话方面要有点文采，是很有道理的。过去的和现在的义理学或考证学的专家们，有的文章写得好，有的就写得不怎么好。写得好的，人家愿意看，你探索的真理容易为别人所接受。写得不好的，就会影响别人的接受，这个道理也是一清二楚的。所以，我认为，对不专门从事文章之学的学者来说，认真把文章写好也有很重要的意义。

谈到考证，亦称考据，如上文所述，是我最喜欢的东西，也是清代朴学大师所最擅长的东西，同时又是解放后受到一些人责难的东西。最近我写了一篇短文《为考据辩诬》，这里不再重复。我在这里只谈我的想法和做法。

首先，我觉得考证之学并没有什么神秘的地方，没有一些人加给它的那种作用，也没有令人惊奇的地方，不要夸大它的功绩，也不要随便加给它任何罪状，它只是做学问的必要的步骤，必由之路。特别是社会科学，你使用一种资料，一本书，你首先必须弄清楚，这种资料，这本书，是否可靠，这就用得着考证。你要利用一个字、几个字或一句话、几句话证明一件事情，你就要研究这一个字、几个字或一句话、几句话，研究它们原来是什么样子，后来又变成了什么样子，有没有后人窜入的或者更改的东西？如果这些情况都弄不清楚，而望文生义或数典忘祖，贸然引用，企图证明什么，不管你发了多么伟大的议论，引证多么详博，你的根据是建筑在沙漠上的，一吹就破。这里就用得着考证。必须通过细致的考证才能弄清楚的东西，你不能怕费工夫。现在间或有人攻击烦琐的考证，我颇有异议。如果非烦琐不行的话，为什么要怕烦琐？用不着的烦琐，为了卖弄而出现的烦琐，当然为我们所不取。

其次，在进行论证时，我服膺两句话：大胆的假设，小心的求证。这两句话已经被批了很长的时间了，也许有人认为，已经被批倒批臭，永世不得翻身了。现在人们都谈虎色变，不敢再提。可是我对此又有异议。过去批判这两句话，批判一些人，是在极“左”思想支配下——用形而上学的方法冒充辩证法，鱼目混珠，实际上是伪辩证法——来进行的。头脑一时发热，在所难免，我自己也并非例外。但是，清醒之后，还是以改一改为好。我现在就清醒地来重新评估这两句话。

我个人认为，古今中外，不管是自然科学家，还是社会科学家，哪一个人在进行工作时也离不开这两句话。不这样，才是天大的怪事。在开始进行一个课题的研究时，你对于这个课题总会有些想法吧，这些想法就是假设。哪里能一点想法都没有而进行一个课题的研究呢？为什么要“大胆”？意思就是说，不要受旧有的看法或者甚至结论的束缚，敢于突破，敢于标新立异，敢于发挥自己的幻想力或者甚至胡想力，提出以前从没有人提过或者敢于提出的假设。不然，如果一开始就谨小慎微，一大堆清规戒律，满脑袋紧箍，一点幻想力都没有，这绝对不会产生出什么好结果的。哥白尼经过细致观测，觉得有许多现象是太阳绕地球旋转说解释不了的，于是假设了日中心说。这真是石破天惊的假设，大胆的假设。没有这个胆量，太阳恐怕还要绕地球运转若干年。没有大胆的假设，世界学术史陈陈相因，能有什么进步呢？

那么，大胆的假设，其罪状究竟何在呢？

有了假设，不等于就有了结论。假设只能指导你去探讨，去钻研。所有的假设，提出来以后，都要根据资料提供的情况，根据科学实验提供的情况来加以检验。有的假设要逐步修正，使之更加完善。客观材料证实了多少，你就要在假设中肯定多少。哪些地方同客观材料相违，或者不太符合，你就要在假设中加以修正。这样可能反复多次，十次，百次，几百次；假设也要修正十次，百次，几百次，最后把假设变成结论。有的假设经不住客观材料的考验，甚至必须完全扬弃，重新再立假设，重新再受客观材料的考验。凡是搞点科学研究的人，都能了解其中的味道，或甘或苦，没有定准儿。这就叫做小心的求证。

那么，小心的求证，其罪状究竟何在呢？

也有人灵机一动，提出了一个假设，自己认为是神来之笔，是灵感的火花，极端欣赏，极端自我陶醉。但是后来，客观材料，包括实验结果证明这个假设不能成立。在这个关键时刻，真正有良心的科学工作者应该当机立断，毅然放弃自己的假设，另觅途径，另立新说。这是正途。可是也有个别的人，觉得自己的假设真是美妙绝伦，丢掉了万分可惜。于是不惜歪曲材料，顺我者昌，逆我者亡，只选取对自己的假设有利的材料，堆累在一起，形成了一个迁就自己的假设的结论。这是地道的学术骗子。这样的“学者”难道说是绝无仅有吗？

这就是我理解的大胆的假设，小心的求证。

这是丝毫也无可非议的。

但是确实有一些学者是先有了结论，然后再搜集材料，来证实结论。“以论带史”派的学者，我认为就有这种倾向。比如要研究中国历史上农民战争问题，他们从什么人的著作里找到了农民战争解放生产力的结论。在搜集材料时，凡有利于这个结论的，则统统收进来；凡与这个结论相违反的，则统统视而不见。有时甚至不惜加以歪曲，爬罗剔抉，刮垢磨光，最后磨出一个农民战争解放生产力的结论，而让步政策则是“修正主义”。研究清官与赃官问题时，竟然会说赃官要比清官好得多，因为清官能维护封建统治，而赃官则能促成革命，从而缩短封建统治的寿命。如此等等，不一而足。这样的研究方法根本用不着假设，不大胆的假设也用不着。至于小心的求证，则是戴着有色眼镜去衡量一切，谈不到小心不小心。

对这样的科学工作者来说，大胆的假设，小心的求证是必须彻底批判的。

对这样的科学工作者来说，他们的结论是先验的真理，不许怀疑，只准阐释。他们是代圣人立言，为经典作注。

用这样的方法，抱这样的态度，来研究学问，学问会堕落到什么程度，不是一清二楚了吗？

我服膺被批判了多年的大胆的假设，小心的求证，理由就是这一些。另外可能还有别的解释，则非愚钝如不佞者所能知矣。

统观自己的一些文章，不管它们是多么肤浅，我总想在里面提出哪怕是小小的一点新看法。要提出新看法，就必须先有新假设。假设一提出，还不就是结论。不管假设多么新，在证实之前，都不能算数。我经常被迫修改自己的假设，个别时候甚至被迫完全放弃。有的假设，自己最初认为是神来之笔，美妙绝伦；一旦证实它站不住脚，必须丢弃。这时往往引起内心的激烈波动，最终也只能忍痛丢弃。我的做法大体上就是如此。鹦鹉学舌，非我所能；陈陈相因，非我所愿。我也决不敢说，我的这些所谓新看法都是真理。一部人类的学术史证明了，学术一定要随时代的前进而前进；将来有新材料发现，或者找到了观察问题的新的角度，自己的看法或者结论也势必要加以修改，这是必然的。

现在归纳起来可以说，我过去五六十年的学术活动，走的基本上是一条考证的道路。可是原来自己并没有意识到。到了今天，我才真正全面而明确地认识到这一点。考证要达到什么目的呢？无非是寻求真理而已。伟大科学家爱因斯坦说："凡在小事上对真理持轻率态度的人，在大事上也是不足信的。"这句话可以有多种解释。什么叫真理？大家的理解也未必一致。有的人心目中的真理有伦理意义。我不认为是这样。我觉得，事情是什么样子，你就说它是什么样子。这是唯物主义，同时也是真理。我体会爱因斯坦在这里所说的真理就是这样的真理。他这一句颇耐人寻味。同样是真理，事情却有大小。哥白尼倡日中心说，这是大事情上的真理。语言文字学家，训诂学家，弄清楚一个字或一句话的古音古义，这是小事情上的真理。事情有大有小，而其为真理则一也。有人夸大考证的作用，说什么发现一个字的古音，等于发现了一颗新星。这有点过分夸张。这样的发现与哥白尼的日中心说是不能比的。不管怎样，整个人类的历史，就是追求真理、探索真理的历史，这一点恐怕是无法否认的。从事各种工作的人，都在自己的领域内追求真理、探索真理。

我自己也在我所从事的领域内追求真理、探索真理，一直探索了五六十年。我经常说，我少无大志。不但在中小学里没有立志成为学者，就是到了大学以后，除了写点散文之外，真正的学术论文没有写几篇。写成了的那几篇水平都不高。我是阴差阳错才走上现在这样一条道路的。但是一旦走了上来，我却能坚持不放。我搞了几十年的行政工作，在过去40年中，至少有1/4的时间是泡在无穷无尽的会议中，消磨在花样繁多的社会活动中。但是，我仍然坚持看书写作不辍，我是利用时间的边角废料来从事这项工作的。就时间来说，我每天不比任何人多一分一秒，在时间面前，人人平等。

那么，我搞这一套东西是不是为名为利呢？说一点都没有，那不是事实。但是我再三检查自己的动机，觉得并不完全是那个样子。研究一个问题，提出一个假设，经过反复的验证，得到了自己认为满意的结论，虽然不过是小事情上的真理，自己却往往大喜过望，以为人生之乐无过于此矣。我之所以拼命钻研，老而不已，置危险于不顾，视饥饿如儿戏，不是为名为利，而是为了探索真理。我想，很多科学工作者恐怕也有同我一样的动力。

在人生的征途上，我已经走了七十多年。如果照古人的说法：行百里者半九十，那么我走了还不到一半。但这是比喻，不是事实。应该承认，自己前面的道路有限了。可我也并不想现在就给自己做结论，我认为还不到时候。我在这一生选择了这样一条道路，走起来并不容易。高山、大川、深涧、栈道、阳关大道、独木小桥，我都走过了，一直走到今天，仍然活着，并不容易。说不想休息，那是假话。但是自谓还不能休息。仿佛有一种力量，一种探索真理的力量，在身后鞭策我，宛如鲁迅散文诗《过客》中的那一位过客一样，非走上前去不行，想休息恐怕是不可能的了。如果有人问：“倘若让你再活一生，你还选择这样一条并不轻松的路吗？”我用不着迟疑，立刻就回答：还要选这一条路的。我还想探索真理，这探索真理的任务是永远也完不了的。

选自《〈季美林学术论著自选集〉自序》，略有删改

学术研究是一场接力赛

确确实实完全没有想到，自己竟出起《文集》来。白居易有一首诗，叫做《编集拙诗，成一十五卷。因题卷末，戏赠元九、李二十》：

一篇长恨有风情
十首秦吟近正声
每被老元偷格律
苦教短李伏歌行
世间富贵应无分
身后文章合有名
莫怪气粗言语大
新排十五卷诗成

像白乐天那样伟大的诗人，只不过编好了一部有十五卷的诗集，竟然高兴到“气粗言语大”的程度。像我这样一个平凡的人，陡然编成了一部有二十几巨册、长达800万字的《文集》，难道还需要隐蔽自己那无比的欢喜吗？

我舞笔弄墨六十余年，至今年届耄耋而积习未改，看来我同学术研究似有天生的缘分。其实这是一个误会。我常说，我少无大志。这决非自谦之词。十几岁的时候，我连报考济南赫赫有名的一中的勇气都没有，心甘情愿地走进一所带“破”字诨名的私立中学。进了学校，也不知道用功，整天钓蛤蟆、捞虾。一直到了高中，瞎猫碰到了死老鼠，我考了一个甲等第一名，平均分数超过了95分，成为全校之冠，受到了前清状元、山东大学校长兼教育厅长的表扬。在名的诱惑下，我才开始用功。但是对于研究学问，仍然连想都没有想过，认为这是别人的事，与己无干。甚至考上清华大学以后，也没有改变我这种态度，梦想毕业以后，当上一名中学教员，养老抚幼，就可以了此一生，心满意足了。细算起来，仅仅由于一个偶然又偶然的机会，我到了德国，才算真正走上了研究学问的道路，到现在也已有五十多年了。

有经验的过来人都会知道，做学问这一条道路走起来是并不那么容易，路上有玫瑰花，也有荆棘；有山重水复，也有柳暗花明。有时候要忍饥受寒，因为忘记了穿衣吃饭；有时候会连夜失眠，因为脑袋里考虑的问题太多，神经经受不住压力；有时候会给别人的自行车撞倒，因为自己边走路边思考问题，目中无人；有时候会被人嘲为痴呆，因为心不在焉所答非所问；有时候还要冒点生命的危险，因为怕浪费时间，病了不去医院；有时候会受到商店售货员的白眼和训斥，因为不修边幅，说话啰嗦；如此等等，不一而足。走在这样一条做学问的路上，简直是酸甜苦辣咸五味俱全，个中甘苦诚不足为外人道也。

然而，根据我个人的经验，人一旦走上了这一条路就很难回转。我个人由于一点偶然性，踏上了这一条道路，走来走去，好像真成了必然性。我现在是勇往直前，义无反顾。更何况自己已是桑榆晚景，没有后退的可能，也没有后退的必要。在这一条路上，我已经走得很远很远——已经走到了出《文集》的地步了。

大家都会明白，出《文集》这一扇门并不是对每一个人都敞开着的。既然这一扇门对我敞开了，我本想利用这个机会，谈一谈自己在这样一条漫长的道路上，在这样漫长时间内亲身感受到的一些经验与教训，这样做对己对人都会有些用处的。但是，我继而一想，莫若再等上四五年，等全部《文集》都已出完，读者对我的著作都已有了程度深浅不同的了解，到那时候再来做这一件事，效果可能会更好一些。我在这里先卖一个关子，来一点“厚黑学”，做一点自我宣传：读者朋友们！读一读我的《文集》吧，文章货真价实，童叟无欺，妙笔生花，誉满全球。等到书出完了，我还会有精彩的惊人的表演。你们决不会失望的。

我这些话里面真真假假，假假真真，读者自能明辨，用不着我多费笔墨，耳提面命。无论怎样，即使几年以后，《文集》出全了，我也决不会就此打住，相信我也不会寿终正寝。我还是要在这一条自己选定的道路上走下去的。我觉得，学术研究是一场接力赛，一代传一代，代代有所增益；但是，这一场接力赛是永无止境的，谁也别想跑最后一棒，一个猛冲，就能抓到绝对真理。

选自《〈季美林文集〉自序》，略有删改

放眼世界

国内从事于西域南海古代交通史研究的老一辈的学者们，一定都还能记得，五六十年前冯承钧先生翻译了大量的法国中国学家关于这方面的著作；这些译文对我们的研究工作给予了巨大的帮助。当时中国学已流布全世界，但是在东方以日本为魁首，在西方则以法国为巨擘。这是大家都公认的事实。在这两个国家以外，瑞典的高本汉研究中国古代音韵，取得了空前的成就，为中国最有权威的语言学家所激赏。英国的 A.Waley 翻译介绍了大量的中国古诗，译文优美，受到了广大读者的欢迎。其他国家也有一些成绩卓著的中国学家，这里不一一列举。

这些中国学家，对弘扬中国文化，加深世界各国人民与中国人民的了解与友谊，起了不可磨灭的作用。他们的著作多半都已经介绍到中国来了。至今还为中国人民所阅读，所欣赏，中国人民永远不会忘记的。

也许有人要问：中国自己已经有足够的研究中国文化的专家学者，外国中国学家究竟在什么地方能帮助我们，在什么地方又能超越我们呢？也许还有人认为，中国语言只有我们中国人最能掌握运用，其他国家的学者总不免有隔皮猜瓜、隔靴搔痒之病。不是有的外国中国学家把唐诗“白头宫女在，闲坐说玄宗”中的“玄宗”译为“玄秘的宗教”吗？不是也有外国中国学者把六朝隋唐时期习见的“诚如来旨”译为“诚然是我佛如来的旨意”吗？

这些都是事实，无可否认。我甚至还能举出更多的这样的例子。这说明中国语言文字之繁难。连我们自己的学者也不敢保证，一定不会出这样的笑话。但是，总起来看，我认为，这不是关键问题，瑕不掩瑜。心理学家常讲一个现象：一个人在某一个环境里住久了，住惯了，对他周围的事物往往视而不见。反不如一个外来人，初来乍到，对周围的事物特别敏感，他能一眼就看到别人不注意的现象。我们自己的经验也能够证明，心理学家这个说法是完全正确的。我们常说的一句俗话：“旁观者清”，也证明同一个事实。

外国的中国学家就正是这样的“外来人”、“旁观者”。他们研究中国文化、中国问题，能看到我们习而不察的事物。

此外，还有一点，我也必须着重指出。就拿上面谈到的西域南海的研究来作例子吧。五六十年以前，我们对西域南海的研究水平，远远比不上外国学者。原因是，这些地方的古代语言文字，我们多半不通；与这些地方有关的其他资料，我们多半不能掌握。我们除了能读中国史料以外，缺的东西太多，而且说句不客气的话，不通语言文字，不能掌握必要的资料，能读懂古代汉文典籍吗？因此，当冯承钧先生的《西域南海史地考证译丛》出版的时候，我们都由衷地感谢他，法文并不是我们每一个人都能读的。这一套丛书，第一册出版于 1932 年，最后一册 1958 年出版，前后相距二十多年。没有需要，能做得到吗？法国之外，日本学者关于西域南海古代交通的研究成果，我们也翻译了不少，比如关于《大唐西域记》、《法显佛国记》等等的著作，就是突出的例子。这些译文促进了我们的研究工作。

可惜好景不长，冯承钧先生之后，后继乏人，像冯承钧先生这样毕生勤勤恳恳，翻译不辍的“有心人”，再也见不到了。

当然，我们也必须承认，在过去几十年中，我们中国学者在研究西域南海方面，或者在其他方面，都已有了长足的进步。这一点，连外国学者也是不得不承认的。但是，话又说了回来，即使自己有了进步，“他山之石，可以攻玉”这两句古话到了今天仍然是真理。如果多了解一点海外中国学家的研究成果，肯定会对我们自己的研究工作大有裨益的。我们翻译了英国学者李约瑟的《中国科学技术史》这一部巨著，它给我们提供了大量的资料和信息，极大地鼓舞了我们的民族自信心，提高了我们的爱国主义思想，促进了外国人民对中国在科学技术方面巨大贡献的认识，如此等等，不一而足。这仅仅只是一个例子；然而这个简单的例子不是包含着极为深刻的意义吗？

根据我自己的观察，除了李约瑟的著作以外，我们对海外中国学家的研究成果，注意得越来越少了。我们几乎是关起门来，搞自己的名山事业。结果是某一些研究工作者视野不广，囿于成见，故步自封，难有新意。这当然大大地不利于我们研究工作的展开。每年都召开一些什么什么国际研讨会，专就社会科学和人文科学来说，多半是热热闹闹一阵，吃吃喝喝一番，长城、桂林、兵马俑，茅台、烤鸭，满面春风。即使留下几篇论文，也多半是应景之作，从中难以窥海外中国学研究成果之全豹，留给我们的印象不深，也不能持久，对我们没有多大好处。

最近我给极受读者欢迎的《文史知识》提意见时，曾讲到这个问题。我希望，我们中国的文史学界多注意外国同行们的研究动态，多阅读人家的研究成果。我们决不能两耳不闻天下事，退到闭关锁国的状态中去。这个意见颇受到同行们的重视。

时至今日，我们提倡改革开放，但是，我们决不能只开放肯德基、米尼姆、卡拉OK，万宝路；可口可乐、T恤衫、耐克旅游真耐穿；而对人家研究中国学的成果，则漠然置之。我这个比拟也许有点不伦不类。一般说来，真正埋首社会科学和人文科学研究工作的人，对卡拉OK之类，不一定有多大兴趣。我只不过想指出这种风气之十分不正常而已。

如果我们放眼看一看今天的中国和世界，我们的头脑会清醒一下的。全国人民，特别是学者们，都在努力弘扬中华文化。中华文化曾普照西方大地，全世界文化的发展皆蒙其利。这一点没有人敢予以否认。因此，现在提出弘扬中华文化的口号，是绝对必要的。但是，我们要弘扬什么呢？又怎样弘扬呢？我看不出有什么具体的章法。有一位同行说了一句似乎是俏皮但实则含义深刻的话："出口转内销。"他指的是，国外正在兴起一股研究以中华文化为主体的东方文化的高潮，这一股高潮"波撼岳阳城"，也撼动了我们赤县神州。原来出口的东西又转销到国内来了。对这种出口转内销的情况，我们应该竭诚欢迎，大力响应，这对我们弘扬中华文化是天赐良机，求之不得的。

最近几年以来，我经常考虑在人类历史上东方文化和西方文化的关系问题。我发现，几千年以来，这两种文化的关系是，三十年河东，三十年河西，更迭兴替，互为补充，从而促进了人类文化的发展。从19世纪初叶一直到今天20世纪末叶，西方文化主宰了世界。但是西方有识之士已经预感到，他们自己的文化也不能万岁千秋。这个文化现在已经露出了不少破绽，有点强弩之末的味道了。东方文化取代西方文化的迹象已经萌出。西方国家，特别是那几个世界大国，对社会科学和人文科学的研究，露出了一个明显的特点：对东方文化，特别是中国文化，兴趣渐浓。研究印度学的人，从历史语言的考证转向大乘佛教和佛教密宗；研究中国学的人，兴趣渐渐集中到《周易》、《老子》、《庄子》，以及禅宗的研究上来。为什么出现这种现象呢？我个人认为，原因并不难找。西方学者中特别敏感的人看到了自己的文化有了点穷途末日之象，济之之方无他：转向东方文化。

回看我们中国学术界，注意到这个现象的人似乎还如凤毛麟角。这种状况是完全不能令人满意的。我们必须想方设法，唤起大家的注意。

选自《〈海外中国学家译文丛书〉序》，略有删改

我们应该多学习外国语言

对世界上任何国家，尤其是对我们中国，学习外国语言的重要似乎用不着我们再来讨论，这已经是不成问题的了。我想，我们现在恐怕都羡慕五六十年前中国学者的福气。他们当时只须背过四书五经，加上注疏，学着写几篇八股文，运气一到，立刻可以考上举人进士，做起大官来。即便有些特别有天才有本领的，能把四书五经的本文和注疏正背倒背，甚至另外还弄点“杂学”，但也总脱不出中国书的范围。他们只须学会一种语言就够了。

但欧美的洋人偏要带了他们的学问挤进来。他们这些学问又真有些不可及的地方，连最顽固的中国文化本位派也不能不承认他们的优越。“中学为体，西学为用”实在是一个无可奈何的解嘲的口号，用来安慰自己的。现在我们看了，固然有啼笑皆非之感，这种感觉恐怕当时有许多人已经有了。所以，我们这一代的祖父们，其中比较开明的，都热心研究过“洋务”，在读四书五经之余也只好尖起舌头来念哀比西的衣。

念的成绩怎样呢？这话很不好说。从那时候到现在，中间隔了五六十年。穿西服的，吃西餐的（以前叫做番菜），的确是一天比一天多了。哀比西的衣当然仍旧念下去。但有的人也就仅只念到哀比西的衣，这些哀比西的衣连在一起写成的书他们看着便有点不顺眼，不大高兴同它们发生什么关系。在大学里的情形比较好一点。在这里，在学习外国语言，尤其是英文方面，已经有了颇为明显的进步。有些大学除了中国语文学系的课本外，多半都用英文课本。甚至有些教授简直就用英文讲，请来的外国教授当然更不必说了。

这似乎应该很让我们满意。但倘若我们计算一下时间，我们很有理由觉得我们的进步还太慢。五六十年是一段颇长的时间，尤其是在现代。我们想一想，五六十年前有汽车么？有飞机么？但现在天空里飞的、街上跑的，却就是这些五六十年前没有的东西。同这一比，我们在学习哀比西的衣方面的进步真未免太小了。而且，倘若我们仔细推究，连以使用英文课本、用英文来讲授自诩的大学里出身的大学生，有几个人能够拿起笔来就写一篇英文论文？只有在不懂英文的小姐面前，他们的英文才说得起劲，见了外国人就难免要红脸的。

我们倘再看一看我们国家以外别的国家学习外国语言的情形，这些国家学术水准比我们高到不知多少倍，然而人家却仍然在努力学习外国语言，读外国书籍，我们真不得不悲观了。在欧洲许多国家，一个大学生懂五六国文字是颇为平常的事情。比如说在德国的中学里，一个学生除了学八年拉丁文六年希腊文以外，一定要学英文和法文。有不少的学生还在课外请教师学俄文或意大利文。他们进了大学，看外国文参考书绝对不会再有什么困难。倘说他们要念语言学的话，当然还要另外学许多新的语言。比如说，要念斯拉夫语言学，他们至少要学俄文、波兰文或捷克文、南斯拉夫文，要念比较语言学，学的语言当然更加多了。虽然不一定每一种都能精通，但只就数目说，也就够我们吃惊的了。

在另外几个国度里，比如说丹麦、荷兰、瑞典、挪威，他们的学术水准也非常高，甚至有些地方还胜过那几个大国，但因为国家小、在世界政治上占的地位不重要，他们的语言没能像现在事实上已经成了国际语言的英文、德文、法文那样流行世界。他们的学者写专门论文的时候，便利用英文、德文或法文。有的人用一种两种，也有不少人能用三种。有些人或者认为这些学者是可有可无的。但其实不然。这些国家虽小，但也产生了不少的世界权威。瑞典中国音韵学专家高本汉就是一个例子。高本汉在中国也不是生疏的名字。他的论文早年用法文写，现在用英文。还有丹麦语言学家 Otto Jespersen 也是语言学界的权威之一，他能用英、德、法三种文字写论文。只有这样，他们的论文才能让世界各国的学者都能读到，他们苦心研究的结果才不致因了文字的障碍而被埋没。

回头看我们中国怎样呢？我们的学术水准不但比不了英、德、法，也比不了瑞典、丹麦那些小国。我们学习英文的情形上面已经谈过了。但那还是战前的情形。复员以后大学里的同学据说英文程度不很好，我们这里不谈原因，只谈事实。事实是很多的大学生不但不能看英文参考书，而且连念英文课本都不知费多大力量。这样毕业后再做研究工作就会处处感到困难。再说到德文法文，情形就更惨。现在德文同法文只算作第二第三外国语。按照教育部规定的课程，最多也不过能念三年。实际上念到三年的非常少，即便念到，真正不用字典而能看书的更加凤毛麟角。在这种情形下，外国学者研究的结果我们当然就很难利用了。在另一方面，我们一般的学术水准虽然不太高，但有不少的学者也有时有非常有价值的发现，值得世界上任何国家的学者看的。除了很少的学者自己能用外国文写论文以外，用中文写成的论文便都因为文字的问题湮而不彰，这对世界学术是一个莫大的损失。

我上面说过，英、德、法三种语言事实上已经成了现在的国际语言。一直到现在我谈的也就是这三种。但我的意思并不是说，只是这三种就够了。另外还有几种语言可以加入到里面来。我现在只谈其中的一种，就是俄文。至于我现在在这里提出俄文，有一个理由。我曾遇到种种不同的专家，中国人和外国人都有，他们都承认俄国在许多学科的研究上有很大的贡献，值得外国学者的注意。并且这不限定革命以后，在沙皇时代已经开始了，虽然还不能同现在比。就我自己研究的这一行说，俄国学者写过许多非常有价值的关于梵文和佛学的书，从沙皇时代起一直到现在，这传统没有断过。有名的佛学丛书就是个好例子。谈世界上的蒙文文法和字典就是用俄文写的，倘不会俄文，蒙文几乎是不能研究的。我说了这许多话，用意却很简单，我只是希望中国的青年或非青年在英德法文以外还要注意到俄文，当然最好是有勇气去学，真正学成一个俄文专家，把上海滩上那些挂羊头卖狗肉的英雄们赶到他们应该去的地方去。

我想现在一定有人抗议了。我上面说到，我们连只学一种文字成绩都不十分高明，但现在我却一口气介绍了四种，英德法文以外，还加上俄文，这不是闭了眼睛在做梦，我的话都出自清明的理智，我觉得外国学生不比中国学生聪明，在中学里学外国文只是一个教授法、教本和教师的问题，这都是可以解决的。只要这个问题能解决，多学一种外国语言并不是什么了不得的困难事情，即便再退一步，我承认我在做梦，梦也有时候可以做的，只要它美丽。

选自《我们应该多学习外国语言》，略有删改

我和外国语言

一、小学开始学英文

我学外国语言是从英文开始的。当时只有十岁，是高小一年级的学生。现在回忆起来，英文大概还不是正式课程，是在夜校中学习的。时间好像并不长，只记得晚上下课后，走过一片芍药栏，当然是在春天里，其他情节都记不清楚了。

当时最使我苦恼的是所谓“动词”，to be 和 to have 一点也没有动的意思呀，为什么竟然叫做动词呢？我问过老师，老师说不清楚，问其他的人，当然更没有人说得清楚了。一直到很晚很晚，我才知道，把英文 verb（拉丁文 verbum）译为“动词”是不够确切的，容易给初学西方语言的小学生造成误会。

我万万没有想到，学了一点英语，小学毕业后报考中学时竟然派上了用场。考试的其他课程和情况，现在完全记不清楚了。英文出的是汉译英，只有三句话：“我新得到了一本书，已经读了几页，但是有几个字我不认识。”我大概是译出来了，只是“已经”这个字我还没有学过，当时颇伤脑筋，耿耿于怀者若干时日。我报考小学时，曾经因为认识一个“骡”字，被破格编入高小一年级。比我年纪大的一个亲戚，因为不认识这个字，被编入初小三年级。一个字给我争取了一年。现在又因为译出了这几句话，被编入春季始业的一个班，占了半年的便宜。如果我也不认识那个“骡”字，或者我在小学没有学英文，则我从那以后的学历都将推迟一年半，不知道会产生什么样的后果。人生中偶然出现的小事往往起很大的作用，难道不是非常清楚吗？不相信这一点是不行的。

二、初中正式学英文

在中学时，英文列入正式课程。在我两年半的初中阶段，英文课是怎样进行的，我已经忘记了。我只记得课本是《泰西五十轶事》、《天方夜谈》、《莎氏乐府本事》(*Tales form Shakespeare*)、Washington Irving 的《拊掌录》(*Sketch Book*)，好像还念过 Macaulay 的文章。老师的姓名都记不清楚了。只记得，初中毕业后，因为是春季始业，又在原中学念了半年高中。在这半年中，英文教员是郑又桥先生。他给我留下了深刻难忘的印象。听口音，他是南方人。英文水平很高，发音很好，教学也很努力。只是他有吸鸦片的习惯，早晨起得很晚，往往上课铃声响了以后，还不见先生来临。班长不得不到他的住处去催请。他有一个很特别的习惯，学生的英文作文，他不按原文来修改，而是在开头处画一个前括弧，在结尾处画一个后括弧，说明整篇文章作废，他自己重新写一篇文章。这样，学生得不到多少东西，而他自己则非常辛苦，改一本卷子，恐怕要费很多时间。别人觉得很怪，他却乐此不疲。对这样一位老师是不大容易忘掉的。过了 20 年以后，当我经过了高中、大学、教书、留学等等阶段，从欧洲回到济南时，我访问了我的母校，几乎所有以前的老师都已离开了人世，只有郑又桥先生一个人孤零零地住在临大明湖的高楼上。我见到他，我们俩彼此都非常激动，这实在是我万万没有想到的事。他住的地方，南望千佛山影，北望大明湖十里碧波，风景绝佳。可是这一位孤独的老人似乎并不能欣赏这绝妙的景色。从那以后，我再没有见到他，想他早已经不在人世了。

我们那一些十几岁的中学生也并不老实。来一个新教员，我们往往要试他一试，看他的本领如何。这大概也算是一种少年心理吧。我们当然想不出什么高招来“测试”教员。有一年换了一位英文教员，我们都觉得他不怎么样。于是在字典里找了一个短语 by the by。其实这也不是多么稀见的短语，可我们当时从来没有读到过，觉得很深奥，就拿去问老师。老师没有回答出来，脸上颇有愧色。我们一走，他大概是查了字典，下一次见到我们，说：“你们大概是从字典上查来的吧？”我们笑而不答。幸亏这一位老师颇为宽宏大量，以后他并没有对我们打击报复。

在这时候，我除了在学校里念英文外，还在每天晚上到尚实英文学社去学习。校长叫冯鹏展，是广东人，说一口带广东腔的蓝青官话。他住的房子非常大，前面一进院子是学社占用。后面的大院子是他全家所居。前院有四五间教室，按年级分班。教我的老师除了冯老师以外，还有钮威如老师、陈鹤巢老师。钮老师满脸胡须，身体肥胖，用英文教我们历史。陈老师则是翩翩佳公子，衣饰华美。看来这几个老师英文水平都不差，教学也都努力。每到秋天，我能听到从后院传来的蟋蟀的鸣声。原来冯老师最喜欢养蟋蟀，山东人名之曰蛐蛐儿，嗜之若命，每每不惜重金，购买佳种。我自己当时也养蛐蛐，常常随同院里的大孩子到荒山野外蔓草丛中去捉蛐蛐，捉到了一只好的，则大喜若狂。我当然没有钱来买好的，只不过随便玩玩而已。冯老师却肯花大钱，据说斗蛐蛐有时也下很大的赌注，不是随便玩玩的。

在这里用的英文教科书已经不能全部回忆出来。只有一本我忆念难忘，这就是 Nesfield 的文法，我们称之为《纳氏文法》，当时我觉得非常艰深，因而对它非常崇拜。到了后来，我才知道，这是英国人专门写了供殖民地人民学习英文之用的。不管怎样，这一本书给我提供了很多有用的资料。像这样内容丰富的语法，我以后还没有见过。

尚实英文学社，我上了多久，已经记不起来，大概总有几年之久。学习的成绩我也说不出来，大概还是非常有用的。到了我到北园白鹤庄去上山东大学附设高中的时候，我在班上英文程度已经名列榜首。当时教英文的教员共有三位，一位姓刘，名字忘了，只记得他的绰号，一个非常不雅的绰号。另一位姓尤名桐。第三位姓和名都忘了，这一位很不受学生欢迎。我们闹了一次小小的学潮：考试都交白卷，把他赶走了。我当时是班长，颇伤了一些脑筋。刘、尤两位老师却都受到了学生的尊敬，师生关系一直是非常好的。

三、高中阶段加学德文

在北园高中，开始学了点德文。老师姓孙，名字忘记了。他长得宽额方脸，嘴上留着两撇像德皇威廉第二世的胡须，除了鼻子不够高以外，简直像是一个德国人。我们用的课本是山东济宁天主教堂编的书，实在很不像样子，他就用这个本子教我们。他是胶东口音，估计他在德国占领青岛时在一个德国什么洋行里干过活，学会了德文。但是他的德文实在不高明，特别是发音更为蹩脚。他把 gut 这个字念成“古吃”。有一次上堂时他满面怒容，说有人笑话他的发音。我心里想，那个人并没有错，然而孙老师却忿忿然，义形于色。他德文虽不高明却颇为风雅，他自己出钱印过一册十七字诗，比如有一首是嘲笑一只眼的人：

发配到云阳，
见舅如见娘，
两人齐下泪，
三行！

诸如此类，是中国民间文学的一种形式，严格地说就是民间蹩脚文人的创作，足证我们孙老师的欣赏水平并不怎样高。总之，我们似乎只念了一学期德文，我的德文只学会了几个单词儿，并没有学好，也不可能学好。

到了 1928 年，日寇占领了济南，我失学一年。从 1929 年夏天起，我入了山东省立济南高中，据说是当时山东全省唯一的一所高中。此时名义上是国民党统治，但是实权却多次变换，有时候，仍然掌握在地方军阀手中。比起山东大学附设高中来，多少有了一些新气象。《书经》、《诗经》不再念了，作文都用白话文，从前是写古文的。我在这里念了一年书，国文教员个个都给我的印象很深，因为都是当时文坛上的名人。但英文教员却都记不清楚了。高中最后一年用的什么教本我也记不起来了。可能是《格里弗游记》之类。我还能清晰地回忆起来的是几次英文作文。我记得有一次作文题目是讲我们学校。我在作文中描绘了学校的大门外斜坡，大门内向上走的通道，以及后面图书馆所在的楼房。自己颇为得意，也得到了老师的高度赞扬。我们的英文课一直用汉语进行，我们既不大能说，也不大能听。这是当时山东中学里一个普遍的缺点，同京、沪、津一些名牌中学比较起来，我们显然处于劣势。这大大地影响了考入名牌大学的命中率。

此时已经到了1930年的夏天，我从高中毕业了。我断断续续学习英语已经十年了，还学了一点德文。要问有什么经验没有呢？应该有一点，但并不多。曾有一度，我想把整部英文字典背过。以为这样一来，就再没有不认识的字了。我确实也下过工夫去背，但持续了一段时间之后，我就觉得有好多字实在太冷僻没有用处，于是采用另外一种办法：凡是在字典上查过的字都用红铅笔在字下画一横线，表示这个字查过了。但是过了不久，又查到这个字。说明自己忘记了。这个办法有一点用处，它可以给我敲一下警钟：查过的字怎么又查呢？可是有的字一连查过几遍还是记不住，说明警钟也不大理想。现在的中学生要比我们当时聪明得多，他们恐怕不会来背字典了。

不管怎么样，高中毕业了。下一步是到北京投考大学。山东有一所山东大学，但是本省的学生都是这山望着那山高，不大愿意报考本省的大学，一定要“进京赶考”。我们这一届高中有八十多个毕业生，几乎都到了北京。当年报考名牌大学，其困难程度要远远超过今天。拿北大、清华来说，录取的学生恐怕不到报名的十分之一。据说有一个山东老乡报考北大、清华，考过四次，都名落孙山。我们考的那一年是第五次了，名次并不比孙山高。看榜后，神经顿时错乱，走到西山，昏迷漫游了四五天，才清醒过来，回到城里，从此回乡，再也不考大学了。

入学考试，英文是必须考的。以讲英语出名的清华，英文题出的并不难，只有一篇作文，题目忘记了。另外有一篇改错之类的东西。不以讲英语著名的北大出的题目却非常难，作文之外有一篇汉译英，题目是李后主的词：

别后春半，触目愁肠断，砌下落梅如雪乱，拂了一身还满。

有的同学连中文原文都不十分了解，更何况译成英文！顺便说一句，北大的国文作文题也非常古怪，那一年的题目是："何谓科学方法，试分析详论之"。这样一个题目也很够一个中学毕业生作的。但是北大古怪之处还不在这里。各门学科考完之后，忽然宣布要加试英文听写（dictation），这对我们实在是当头一棒。我们在中学没有听过英文。我大概由于单词记得多了一点，只要能听懂几个单词儿，就有办法了。记得老师念的是一段寓言。其中有狐狸，有鸡，只有一个字 suffer，我临阵惊慌，听懂了，但没有写对。其余大概都对了。考完之后，山东同学面带惊慌之色，奔走相告，几乎完全是丈二和尚摸不着头脑。大家都知道，这一加试，录取的希望就十分渺茫了。

四、大学加学法文

我很侥幸，北大、清华都录取了。当时处心积虑是想出国留洋。在这方面，清华比北大条件要好。我决定入清华西洋文学系。这一个系有一套详细的教学计划，课程有古希腊拉丁文学、中世纪文学、文艺复兴文学、英国浪漫诗人、近代长篇小说、文艺评论、莎士比亚、欧洲文学史等。教授有中国人、英国人、美国人、德国人、波兰人、法国人、俄国人，但统统用英文讲授。我在前面已经谈到，我们中学没有听英文的练习。

教大一英文的是美国小姐毕莲女士（Miss Bille）。头几堂课，我只听到她咽喉里咕噜咕噜地发出声音，“剪不断”，理还乱，却一点也听不清单词。我在中学曾以英文自负，到了此时却落到这般地步，不啻当头一棒，悲观失望了好多天，幸而逐渐听出了个别的单词，仿佛能“剪断”了，大概不过用了几个礼拜，终于大体听懂了，算是渡过了学英文的生平第一难关。

清华有一个古怪的规定：学英、德、法三种语言之一，从第一年X语，学到第四年X语者，谓之X语专门化（specialized in X）。实际上法语、德语完全不能同英语等量齐观。法语、德语都是从字母学起，教授都用英语讲授，而所谓第一年英语一开始就念Jane Austin的*Pride and Prejudice*。其余所有的课也都用英语讲授。所以这三个专门化是十分不平等的。

我选的是德语专门化，就是说，学了四年德语。从表面上来看，四年得了八个E（Excellent，最高分，清华分数是五级制），但实际上水平并不高。教第一年和第二年德语的是当时北京大学德文系主任杨丙辰（震文）教授。他在德国学习多年，德文大概是好的，曾翻译了一些德国古典名著，比如席勒的《强盗》等等。他对学生也从来不摆教授架子，平易近人，常请学生吃饭。但是作为一个教员，他却是一个极端不负责任的教员。他教课从字母教起，教第一个字母a时，说：a是丹田里的一口气。初听之下，也还新鲜。但 b、c、d 等等，都是丹田里的一口气，学生就窃窃私议了："我们不管它是否是丹田里的几口气。我们只想把音发得准确。"从此，"丹田里的一口气"就传为笑谈。

杨老师家庭生活也非常有趣。他是北京大学的系主任，工资相当高，推算起来，可能有现在教授的十几倍。不过在北洋军阀时期，常常拖欠工资，国民党统治前期，稍微好一点，到了后期，什么法币、什么银元券、什么金元券一来，钞票几乎等于手纸，教授们的生活就够呛了。杨老师据说兼五个大学的教授，每月收入可达上千元银元。我在大学念书时，每月饭费只需六元，就可以吃得很好了。可见他的生活是相当优裕的。他在北大沙滩附近有一处大房子，服务人员有一群，太太年轻貌美，天天晚上看戏捧戏子，一看就知道，他们是一个非常离奇的结合。杨老师的人生观也很离奇，他信一些奇怪的东西，更推崇佛家的"四大皆空"。把他的人生哲学应用到教学上就是极端不负责任，游戏人间，逢场作戏而已。他打分数，也是极端不负责任。我们一交卷，他连看都不看，立刻把分数写在卷子上。有一次，一个姓陈的同学，因为脾气黏黏糊糊，交了卷，站着不走。杨老师说："你嫌少吗？"立即把 S（superior，第二级）改为 E。

我就是在这样的情况下学习德语的。高中时期孙老师教的那一点德语早已交还了老师，杨老师又是这样来教，可见我的德语基础是很脆弱的。第二年仍然由他来教，前两年可以说是轻松愉快，但不踏实。

第三年是石坦安先生（Von den Steinen，德国人）教，他比较认真，要求比较严格，因此这年学了不少的东西。第四年换了艾克（G.Ecke，号锷风，德国人）。他又是一个马马虎虎的先生。他工资很高，又独身一人，在城里租了一座王府居住。他自己住在银安殿上，仆从则住在前面一个大院子里。他搜集了不少的中国古代名画。他在德国学的是艺术史，因此对艺术很有兴趣，也懂行。他曾在厦门大学教过书，鲁迅的著作中曾提到过他。他用德文写过一部《中国的宝塔》，在国外学术界颇得好评。但是作为一个德语教员，则只能算是一个蹩脚的教员。他对教书心不在焉。他平常用英文讲授，有一次我们曾请求他用德语讲，他立刻哇啦哇啦讲一通德语，其快如悬河泻水，最后用德语问我们，“Verstehen Sie etwas davon？”我们摇摇头，想说：“Wir verstehen nichts davon.”但说不出来，只好还说英语。他说道：“既然你们听不懂，我还是用英语讲吧！”我们虽不同意，然而如哑子吃黄连，有苦说不出。课程就照旧进行下去了。

但是他对我却产生了极大的影响。他喜欢德国古典诗歌，最喜欢 Hölderlin 和 Plateno。我受了他的影响，也喜欢起 Hölderlin 来。我的学士论文："*The Early Poems of Hölderlin*"，就是在他的影响下写的，他是指导教授。当时我大概对 Hölderlin 不会了解得太多，太深。论文的内容我记不清楚了，恐怕是非常肤浅的。我当时的经济情况很困难，有一次写了几篇文章，拿了点稿费，特别向德国订购了 Hölderlin 的豪华本的全集，此书我珍藏至今，念了一些，但不甚了了。

除了英文和德文外，我还选了法文。教员是德国小姐 Madmoiselle Holland，中文名叫华兰德。当时她已发白如雪，大概很有一把子年纪了。因为是独身，性情有些反常，有点乖戾，要用医学术语来说，她恐怕患了迫害狂。在课堂上专以骂人为乐。如果学生的答卷非常完美，她挑不出毛病来借端骂人，她的火气就更大，简直要勃然大怒。最初选课的人很多，过了没有多久，就被她骂走了一多半。只剩下我们几个不怕骂的仍然留下，其中有华罗庚同志。有一次把我们骂得实在火了，我们商量了一下，对她予以反击，结果大出意料，她屈服了，从此天下太平。她还特意邀请我们到她的住处（现在北大南门外的军机处）去吃了一顿饭。可见师徒间已经化干戈为玉帛，揖让进退，海宇澄清了。

我还旁听过俄文课。教员是一个白俄，名字好像是陈作福，个子极高，一个中国人站在他身后，从前面看什么都看不见。他既不会英文，也不会汉文，只好被迫用现在很时髦的“直接教学法”，然而结果并不理想，我只听到讲 Скажите пожалуйста（请您说！），其余则不甚了了。我旁听的兴趣越来越低，终于不再听了。大概只学了一些生词和若干句话，我第一次学习俄语的过程就此结束了。

五、留德十年学俄文、阿拉伯语、南斯拉夫语，研究梵文、巴利文

我上面谈到，我虽然号称德文专门化，然而学习并不好。可是我偏偏得了四年高分。当我 1934 年毕业后，不得已而回到母校济南高中当了一年国文教员。之后，清华与德国学术交流处订立了交换研究生的合同，我报名应考，结果被录取了。我当年舍北大而趋清华的如意算盘终于真正实现了，我能到德国去留学了。对我来说，这真是天大的喜事。

可是我的德文水平不高，我看书大概是没有问题的，听、说则全无训练。到了德国，吃了德国面包，也无法立刻改变。我到德国学术交流处去报到的时候，一个女秘书含笑对我说：“Lange Reise！”（长途旅行呀！）我愣里愣怔，竟没有听懂。

我留在柏林，天天到柏林大学外国语学院专为外国人开的德文班去学习了六周，到了深秋时分，我被分配到 Göttingen（哥廷根）大学去学习。我对于这个在世界上颇为著名的大学什么都不清楚。第一学期，我还没有能决定究竟学习哪一个学科。我随便选了一些课，因为交换研究生选课不用付钱，所以我尽量多选，我每天要听课六七小时。选的课我不一定都有兴趣，我也不能全部听懂。我的目的其实是通过选课听课提高自己的听的能力。我当时听德语的水平非常低，以前从来没有听过，这情况我在上面已经谈过。解放后，我们的外语教育，不管还有多少不能令人满意的地方，其水平和认真的态度是解放前无论如何也比不上的，这一点现在的青年不一定都清楚。因此我在这里说上几句。

我还利用另一种方式来提高自己的听说能力，这就是同我的女房东谈话。德国大学没有学生宿舍，学生住宿的问题学校根本不管，学生都住民房。我的女房东有一些文化水平，但不高。她喜欢说话，唠唠叨叨，每天晚上到我屋里来收拾床铺，她都要说上一大套，把一天的经过都说一遍。别人大概都不爱听，我却是求之不得，正好利用这个机会来练习听力。我的女房东可以说是一位很好的德文教员，可惜我既不付报酬，她自己也不知道讨报酬，她成了我的义务教员。

到了第二学期，我偶然看到 Prof.Waldschmidt 开梵文课的告示。我大喜过望，立刻选了这一门课。我在清华大学时，曾经想学梵文，但没有老师教，只好作罢。现在有了这样一个机会，我怎能放过呢？学生只有三个：一个乡村里的牧师，一个历史系的学生。Waldschmidt 的教学方法是德国通常使用的。德国 19 世纪一位语言学家主张，教学生外语，比如教学生游泳，把学生带到游泳池旁，一下子把他推下去，如果淹不死，他就学会游泳了。具体的办法是：尽快让学生自己阅读原文，语法由学生自己去钻，不在课堂上讲解。这种办法对学生要求很高。短短的两节课往往要准备上一天，其效果我认为是好的：学生的积极性完全调动起来了。他要同原文硬碰硬，不能依赖老师，他要自己解决语法问题。只有实在解不通时，教授才加以辅导。这个问题我在别的地方讲过，这里不再详细叙述了。

德国大学有一个奇特的规定：要想考哲学博士学位，必须选三个系，一个主系，两个副系。对我来说，主系是梵文，这是已经定了的。副系一个是英文，这可以减轻我的负担。至于第三个系，则费了一番周折。有一个时期，我曾经想把阿拉伯语作为我的副系。我学习了大约三个学期的阿拉伯语。从第二学期开始就念《古兰经》。我很喜欢这一部经典，语言简练典雅，不像佛经那样累赘重复，语法也并不难。但是在念过两个学期以后，我忽然又改变了想法，我想拿斯拉夫语言作为我的第二副系。按照德国大学的规定，拿斯拉夫语作副系，必须学习两种斯拉夫语言，只有一种不行。于是我在俄文之外，又选了南斯拉夫语。

教俄文的老师是一个曾在俄国居住过的德国人，俄文等于是他的母语。他的教法同其他德国教员一样，是采用把学生推入游泳池的办法。俄文每周两次，每次两小时，德国的学期短，然而我们却在第一学期内，读完了一册俄文教科书，其中有单词、语法和简单的会话，又念完果戈里的小说《鼻子》。我最初念《鼻子》的时候，俄文语法还没有学多少，只好硬着头皮翻字典。往往是一个字的前一半字典上能查到，后一半则不知所云，因为后一半是表变位或变格变化的。而这些东西，我完全不清楚，往往一个上午只能查上两行，其痛苦可知。但是不知怎么一来，好像做梦一般，在一个学期内，我毕竟把《鼻子》全念完了。下学期念契诃夫的剧本《万尼亚舅舅》的时候，我觉得轻松多了。

南斯拉夫语由主任教授 Prof.Braun 亲自讲授。他只让我看了一本简单的语法，立即进入阅读原文的阶段。有了学习俄文的经验，我拼命翻字典。南斯拉夫语同俄文很相近，只在发音方面有自己的特点，有升调和降调之别。在欧洲语言中，这是很特殊的。我之所以学南斯拉夫语，完全是为了应付考试。我的兴趣并不大，可以说也没有学好。大概念了两个学期，就算结束了。

谈到梵文，这是我的主系，必须全力以赴。我上面已经说过，Waldschmidt 教授的教学方法也同样是德国式的。我们选用了 Stenzler 的教科书。我个人认为，这是一本非常优秀的教科书。篇幅并不多，但是应有尽有。梵文语法以艰深复杂著称，有一些语法规则简直烦琐古怪到令人吃惊的地步。这些东西当然不是哪一个人硬制定出来的，而是历史发展自然形成的，利用比较语言学的方法都能解释得通。Stenzler 在薄薄的一本语法书中竟能把这些古怪的语法规则的主要组成部分收容进来，是一件十分不容易做好的工作。这一本书前一部分是语法，后一部分是练习。练习上面都注明了相应的语法章节。做练习时，先要自己读那些语法，教授并不讲解，一上课就翻译那些练习。第二学期开始念《摩诃婆罗多》中的《那罗传》。听说，欧美许多大学都是用这种方式。到了高年级，梵文课就改称 Seminar，由教授选一部原著，学生课下准备，上堂就翻译。新疆出土的古代佛典残卷，也是在 Seminar 中读的。这种 Seminar 制看似平淡无奇，实际上是训练学生做研究工作的一个最好的方式。比如，读古代佛典残卷时就学习了怎样来处理那些断简残篇，怎样整理，怎样阐释，连使用的符号都能学到。

至于巴利文，虽然是一门独立的课程，但教授根本不讲，连最基本的语法也不讲。他只选一部巴利文的佛经，比如《法句经》之类，一上堂就念原书，其余的语法问题，梵巴音变规律，词汇问题，都由学生自己去解决。

念到第三年上，我已经拿到了博士论文的题目，此时第二次世界大战已经正式爆发。我的教授被征从军。他的前任 Prof. E.Sieg 老教授又出来承担授课的任务。当时他已经有七八十岁了，但身体还很硬朗，人也非常和蔼可亲，简直像一个老祖父。他对上课似乎非常感兴趣。一上堂，他就告诉我，他平生研究三种东西:《梨俱吠陀》、古代梵文语法和吐火罗文，他都要教给我。他似乎认为我一定同意，连征求意见的口气都没有，就这样定下来了。

像 Sieg 这样的老人，不顾自己年老体衰，一定要把他的“绝招”教给一个异域的青年，究竟为了什么？我当时学习任务已经够重，我只想消化已学过的东西，并不想再学习多少新东西。然而，看了老人那样诚恳的态度，我屈服了。他教我什么，我就学什么。而且是全心全意地学。他是吐火罗文世界权威，经常接到外国学者求教的信。比如美国的 Lane 等等。我发现，他总是热诚地罄其所知去回答，没有想保留什么。和我同时学吐火罗文的就有一个比利时教授 W.Couvreur。根据我的观察，Sieg 先生认为学术是人类的公器，多撒一颗种子，这一门学科就多得一点好处。他对我这个异邦的青年奖掖扶植不遗余力。我的博士论文和口试的分数比较高，他就到处为我张扬，有时甚至说一些夸大的话。在这一方面，他给了我极大的影响。今天我也成了老人，我总是想方设法，为年轻的学者鸣锣开道。我觉得，只要我能做到这一点，我就算是对得起 Sieg 先生了。

我跟 Sieg 先生学习的那几年，是我一生挨饿最厉害，躲避空袭最多，生活最艰苦的几年。但是现在回忆起来却是最甜蜜的几年。甜蜜在何处呢？就是能跟 Sieg 先生在一起。到了冬天，大雪载途，黄昏早至。下课以后，我每每扶 Sieg 先生踏雪长街，送他回家。此时山林皆白，雪光微明，十里长街，寂寞无人。心中又凄清，又温暖。此情此景，终生难忘。

1946 年我回国以后，当了外语教员。从表面上来看，我自己的外语学习任务已经完成了。但是实际上，并不是这个样子。对于语言，包括外国语言和自己的母语在内，学习任务是永远也完成不了的。真正有识之士都会知道，对于一种语言的掌握，从来也不会达到绝对好的程度，水平都是相对的。据说莎士比亚作品里就有不少的语法错误，我们中国过去的文学家、哲学家、史学家、诗人、词客等等，又有哪一个没有病句呢？现代当代的著名文人又有哪一个写的文章能经得起语法词汇方面的过细的推敲呢？因此，谁要是自吹自擂，说对语言文字的掌握已达到炉火纯青的程度，这个人不是一个疯子，就是一个骗子。我讲的全是实话，并不是危言耸听。从这个意义上来讲，我学习外语的任务并没有完成。在教学之余，我仍然阅读一些外文的书籍，翻译一些外国的文学作品，还经常碰到一些不懂的或者似懂而实不懂的地方，需要翻阅字典或向别人请教。今天还有一些人，自视甚高，毫无自知之明，强不知以为知，什么东西都敢翻译，什么问题都不在话下，结果胡译乱写，贻害无穷，而自己则沾沾自喜，真不知天下还有羞耻事！

“你学了一辈子外语，有什么经验和教训呢？”我仿佛听到有人这样问。经验和教训，都是有的，而且还不少。

我自己常常想到，学习外语，在漫长的学习过程中，到了一定的时期，一定的程度，眼前就有一条界线，一个关口，一条鸿沟，一个龙门。至于是哪一个时期，这就因语言而异，因人而异。语言的难易不同，而且差别很大；个人的勤惰不同，差别也很大。这两个条件决定了这一个龙门的远近，有的三四年，有的五六年，一般人学习外语，走到这个龙门前面，并不难，只要泡上几年，总能走到。可是要跳过这龙门，就决非易事。跳不跳过有什么差别呢？差别有如天渊。跳不过，你对这种语言就算是没有登堂入室。只要你稍一放松，就会前功尽弃，把以前学的全忘掉。你勉强使用这种语言，这个工具你也掌握不了，必然会出许多笑话，贻笑大方。总之你这一条鲤鱼终归还是一条鲤鱼，说不定还会退化，你决变不成龙。跳过了龙门呢？则你已经不再是一条鲤鱼，而是一条龙。可是要跳过这个龙门又非常难，并不比鲤鱼跳龙门容易，必须付出极大的劳动，表现出极大的毅力，坚忍不拔，锲而不舍，才有跳过的希望。做任何事情都有类似的情况。书法、绘画、篆刻、围棋、象棋、打排球、踢足球、体操、跳水等等，无不如此。这一点必须认清。跳过了龙门，你对你的这一行就有了把握，有了根底。专就外语来说，到了此时，就不大容易忘记，这一门外语会成为你得心应手的工具。当然，即使达到这个程度，仍然要继续努力，决不能掉以轻心。

学习外语，同学习一切东西一样，必须注重方法。我们过去尝试过许多教学外语的方法，都取得过一定的成绩。这一点必须承认。但是我们决不能迷信方法，认为方法万能。我认为，最可靠的不是方法，而是个人的勤学苦练，发挥主观能动性。这个道理异常清楚。各行各业，莫不如此。过去有人讲笑话，说除臭虫最好的办法不是这药那药，而是“勤捉”。其中有朴素的真理。

我学习外国语言，已经有六十多年的历史了。如今我已经到了垂暮之年。回顾这六十多年的历史，心里真是感慨万端。我学了不少的外国语言，但是现在应用起来自己比较有把握的却不太多。我上面讲到跳龙门的问题。好多语言，我大概都没有跳过龙门。连那几种比较有把握的，跳到什么程度，自己心中也没有底。想要对今天学外语的年轻人讲几句经验之谈，想来想去，也只有勤学苦练一句，这真是未免太寒碜了。然而事实就是这个样子，这真叫做没有办法。学什么东西都要勤学苦练。这个真理平凡到同说每个人只要活着就必须吃饭一样。你不说，人家也会知道。然而它毕竟还是真理。你能说每个人必须吃饭不是真理吗？问题是如何贯彻这个真理。我只希望有志于掌握外语的年轻人说到做到。每个人到了一定的阶段，都能跳过龙门去。我们祖国今天的建设事业要求尽量多的外语人材，而且要求水平尽量高的。希望我们大家共同努力，达到这个神圣的目的。

选自《我和外国语言》，略有删改

学外语

一

现在全国正弥漫着学外语的风气，学习的主要是英语，而这个选择是完全正确的。因为英语实际上已经成了一种世界语。学会了英语，几乎可以走遍天下，碰不到语言不通的困难。水平差的，有时要辅之以一点手势。那也无伤大雅，语言的作用就在于沟通思想。在一般生活中，思想决不会太复杂的。懂一点外语，即使有点洋泾浜，也无大碍，只要“老内”和“老外”的思想能够沟通，也就行了。

学外语难不难呢？有什么捷径呢？俗话说：“天下无难事，只怕有心人。”所谓“有心人”，我理解，就是有志向去学习又肯动脑筋的人。高卧不起，等天上落下馅儿饼来的人是绝对学不好外语的，别的东西也不会学好的。

至于“捷径”问题，我想先引欧洲古代大几何学家欧几里德（也许是另一个人，年老昏聩，没有把握）对国王说："几何学里面没有御道！""御道"，就是皇帝走的道路。学外语也没有捷径，人人平等，都要付出劳动。市场卖的这种学习法、那种学习法，多不可信。什么方法也离不开个人的努力和勤奋。这些话都是老生常谈，但是，说一说决不会有坏处。

根据我个人经验，学外语学到百分之五六十，甚至七八十，也并不十分难。但是，我们不学则已，要学就要学到百分之九十以上，越高越好。不到这个水平你的外语是没有用的，甚至会出漏子的。我这样说，同上面讲的并不矛盾。上面讲的只是沟通简单的思想，这里讲的却是治学、译书、做重要口译工作。现在市面上出售为数不太少的译本，错误百出，译文离奇。这些都是一些急功近利，水平极低而又懒得连字典都不肯查的译者所为。说句不好听的话，这些都是假冒伪劣的产品，应该归入严打之列的。

我常有一个比喻：我们这些学习外语的人，好像是一群鲤鱼，在外语的龙门下洑游。有天资肯努力的鲤鱼，经过艰苦的努力，认真钻研，锲而不舍，一不耍花招，二不找捷径，有朝一日风雷动，一跳跳过了龙门，从此变成了一条外语的龙，他就成了外语的主人，外语就为他所用。如果不这样做的话，则在龙门下游来游去，不肯努力，不肯钻研，就是游上一百年，他仍然是一条鲤鱼。如果是一条安分守己的鲤鱼，则还不至于害人。如果不安分守己，则必然堕入假冒伪劣之列，害人又害己。

做人要老实，学外语也要老实。学外语没有什么万能的窍门。俗语说：“书山有路勤为径，学海无涯苦作舟。”这就是窍门。

二

前不久，我写过一篇《学外语》，限于篇幅，意犹未尽，现在再补充几点。

学外语与教外语有关，也就是与教学法有关，而据我所知，外语教学法国与国之间是不相同的，仅以中国与德国对比，其悬殊立见。中国是慢吞吞地循序渐进，学了好久，还不让学生自己动手查字典，读原著。而在德国，则正相反。据说19世纪一位大语言学家说过：“学外语有如学游泳，把学生带到游泳池旁，一一推下水去；只要淹不死，游泳就学会了，而淹死的事是绝无仅有的。”我学俄文时，教师只教我念了念字母，教了点名词变化和动词变化，立即让我们读果戈理的《鼻子》，天天拼命查字典，苦不堪言。然而学生的主动性完全调动起来了。一个学期，就念完了《鼻子》和一本教科书。实践是检验真理的唯一标准，德国的实践证明，这样做是有成效的。

我还想根据我的经验和观察在这里提个醒：那些已经跳过了外语龙门的学者们是否就可以一劳永逸地吃自己的老本呢？我认为，这吃老本的思想是非常危险的。一个简单的事实往往为人们所忽略，世界上万事万物无不在随时变化，语言何独不然！一个外语学者，即使已经十分纯熟地掌握了一门外语，倘若不随时追踪这一门外语的变化，有朝一日，他必然会发现自己已经落伍了，连自己的母语也不例外。一个人在外国呆久了，一旦回到故乡，即使自己“乡音未改”，然而故乡的语言，特别是词汇却有了变化，有时你会听不懂了。

我讲点个人的经验。当我在欧洲呆了将近十一年回国时，途经西贡和香港，从华侨和华人口中听到了“搞”这个字和“伤脑筋”这个词儿，就极使我“伤脑筋”。我去国之前没有听说过。“搞”字是一个极有用的字，有点像英文的 do。现在“搞”字已满天飞了。当我在 80 年代重访德国时，走进了饭馆，按照四五十年前的老习惯，呼服务员为 hever ofer，他瞠目以对。原来这种称呼早已被废掉了。

因此，我就想到，不管你今天外语多么好，不管你是一条多么精明的龙，你必须随时注意语言的变化，否则就会出笑话。中国古人说：“学如逆水行舟，不进则退。”要时刻记住这句话。

我还想建议：今天在大学或中学教外语的老师，最好是每隔五年就出国进修半年，这样才不至为时代抛在后面。

三

前不久，我在《夜光杯》上发表了两篇谈学习外语的千字文，谈了点个人的体会，卑之无甚高论，不意竟得了一些反响。有的读者直接写信给我，有的写信给《夜光杯》的编辑。看来非再写一篇不行了。我不可能在一篇短文中答复所有的问题，我现在先对上海胡英琼同志提出的问题说一点个人的意见，这意见带有点普遍意义，所以仍占《夜光杯》的篇幅。

我在上述两篇千字文中提出的意见，归纳起来，不出以下诸端：第一，要尽快接触原文，不要让语法缠住手脚，语法在接触原文过程中逐步深化。第二，天资与勤奋都需要，而后者占绝大的比重。第三，不要妄想捷径，外语中没有“御道”。

学习了英语再学第二外语德语，应该说是比较容易的。英语和德语同一语言系属，语法前者表面上简单，熟练掌握颇难；后者变化复杂，特别是名词的阴、阳、中三性，记得极为麻烦，连本国人都头痛。背单词时，要连同词性 der、die、das 一起背，不能像英文那样只背单词。发音则英文极难，英文字典必须使用国际音标。德文则一字一音，用不着国际音标。

学习方法仍然是我讲的那一套：尽快接触原文，不惮勤查字典，懒人是学不好任何外语的，连本国语也不会学好。胡英琼同志的具体情况和具体要求，我完全不清楚。信中只谈到德文科技资料，大概胡同志目前是想集中精力攻克这个难关。

我想斗胆提出一个“无师自通”的办法，供胡同志和其他读者参考。你只需要找一位通德语的人，用上二三个小时，把字母读音学好。从此你就可以丢掉老师这个拐棍，自己行走了。你找一本有可靠的汉文译文的德文科技图书，伴之以一本浅易的德文语法。先把语法了解个大概的情况，不必太深入，就立即读德文原文，字典反正不能离手，语法也放在手边。一开始必然如堕入五里雾中。读不懂，再读，也许不止一遍两遍。等到你认为对原文已经有了一个大概的了解，为了验证自己了解的正确程度，只是到了此时，才把那一本可靠的译本拿过来，看看自己了解得究竟如何。就这样一页页读下去，一本原文读完了，再加以努力，你慢慢就能够读没有汉译本的德文原文了。

科技名词，英德颇有相似之处，记起来并不难，而且一般说来，科技书的语法都极严格而规范，不像文学作品那样不可捉摸。我为什么再三说“可靠的”译本呢？原因极简单，现在不可靠的译本太多太多了。

选自《学外语》，略有删改

精华与糟粕

最近几十年来，中国文史界有一个口头语，叫做“批判继承”。说详细一点，就是对中国古代文化要“一分为二”，分清精华与糟粕，继承前者而批判后者。口号一出，天下翕然从之，几乎是每人必讲，每会必讲，无有表异议者，仿佛它是先验的，用不着证明。

但是，究竟什么叫做“精华”，什么又叫做“糟粕”呢，两者关系又是怎样呢？我——我看别人也一样——从来没有去认真思考过，好像两者泾渭分明，一看就能识别，只要文中一写，会上一说，它就成了六字真言，威力自在。

最近我那胡思乱想的毛病又发作起来，狂悖起来，我又仔细思考了这个问题，苦思之余，豁然开朗，原来这两个表面上看上去像是对立面的东西，不但不是泾渭分明，而是界限不清；尤有甚者，在一定的条件下，双方可以相互向对立面转化。

空口无凭，我举个例子。孔子和儒学，在九十年前的五四运动时期，肯定被认为是糟粕，不然的话，何能喊出了“打倒孔家店”的口号？然而，时移世迁，到了今天，中国正在努力建设社会主义初级阶段的社会，还有什么人能说孔子和儒学中没有精华呢？这是由糟粕向精华转化的例子。我认为，这个例子是有说服力的，类似的例子还有很多，我不一一列举了。

但是，上面的例子还是过于简单化了一些，古往今来，实际的情况要复杂得多，精华与糟粕互相转化，循环往复，变化多端，想读者定能举一隅而以三隅反的。

这种情况的根源何在呢，我个人的看法是：时代随时在前进，社会随时在变化。每一个时代和每一个社会都有自己的特殊要求，在政治方面，在经济方面，在巩固统治方面，在保持安定团结方面，在发展文化教育方面，在提高人民的文化道德水平方面，等等，都有自己的特殊要求。能满足这个要求的前代或当代的理论、学说或者行动，就是精华，否则就是糟粕。但时代和社会是永不停息地变动着的，一变动就会提出新的要求。以不变应万变的理论、学说或者行动是不能想象的。

我的用意只不过是提醒人们：在讲出这近乎套话的“批判继承”和“要分清精华与糟粕”的时候，要稍稍动一点脑筋，不要让套话变成废话，如此而已。

多研究点历史

从最近几年的大学招生情况来看，历史科学越来越受到冷落。我们从事历史科学研究的人当然不会无动于衷。但是原因何在呢？又有不同的说法，是历史科学不重要吗？当然不是。历史科学的用途何在，自古以来中外学者就争论不休，至今也还没有人人都承认的结论。对于历史的研究方法，意见也有分歧。在这方面，我自己走了一个中间道路：过去的传统方法，比如历史考据之学等等，我既不全盘接受，也不全盘否定。近若干年来，中外新兴起的研究方法，我对它的态度也是如此。这种态度不是迹近滑头吗？恐为仁人志士所不取。但是我却觉得这是正确的态度。

为什么青年学生不愿意学习历史呢？其中原因很多，出路恐怕是重要的一个。有的人认为历史无用，也是重要原因。我个人一向认为，历史是有用的。我们伟大祖国的社会主义建设，没有历史知识能行吗？我们研究古今中外历史，甚至各专门学科的历史，都能直接或间接地为这个伟大目的服务。比如自古以来常讲的鉴古知今，就非常有道理。历史循环论是站不住脚的。但是我记得马克思在什么地方讲过，历史上一些现象有时会重演。只是这一条不就很重要很有启发吗？

我个人觉得，我们今天研究历史，不能说已经很好很好了，没有什么事情可做了。事实完全不是这个样子。我们今天对古今中外的历史都研究得很不够。鲁迅先生从前提倡过写流氓史、娼妓史等等，我认为他的意见很有道理，可是这样的书我们已经都有了吗？我们社会主义建设牵涉到的问题异常繁多，个个问题都需要有点历史的认识，工作才能事半功倍。否则就会走弯路。比如人口问题、土地利用问题等等，都是历史上有过而今天仍亟待解决的问题。这些方面我们都做了吗？没有，至少是做得很不够。我很希望，特别是中、青年史学工作者能够扩大视野，开阔胸襟，放眼世界，面向未来，既有继承，又有发展，对旧的研究课题要继续深入探讨，又要注意开发新的领域、新的课题，使我们的史学园地真正万紫千红、五彩缤纷。

选自《〈历史研究〉创刊三十五周年祝词》，略有删改

我们面对的现实

我们面对的现实，多种多样，很难一一列举。现在我只谈两个：第一，生活的现实；第二，学术研究的现实。

一、生活的现实

生活，人人都有生活，它几乎是一个广阔无垠的概念。在家中，天天开门七件事：柴、米、油、盐、酱、醋、茶，人人都必须有的。这且不表。要处理好家庭成员的关系，不在话下。在社会上，就有了很大的区别。当官的，要为人民服务，当然也盼指日高升。大款们另有一番风光，炒股票、玩期货，一夜之间成了暴发户，腰缠十万贯，“春风得意马蹄疾，一日看遍长安花”。当然，一旦破了产，跳楼自杀，有时也在所难免。我辈书生，青灯黄卷，兀兀穷年，有时还得爬点格子，以济工资之穷。至于引车卖浆者流，只有拚命干活，才得糊口。

这都是我们必须面对的生活。我们必须黾勉从事，过好这个日子（生活），自不待言。

但是，如果我们把眼光放远一点，把思虑再深化一点，想一想全人类的生活，你感觉到危险性了没有？也许有人感到，我们这个小小寰球并不安全。有时会有地震，有时会有天灾，刀兵水火，疾病灾殃，说不定什么时候就会驾临你的头上，躲不胜躲，防不胜防。对策只有一个：顺其自然，尽上人事。

如果再把眼光放得更远，让思虑钻得更深，则眼前到处是看不见的陷阱。我自己也曾幼稚过一阵。我读东坡《（前）赤壁赋》：“唯江上之清风，与山间之明月，耳得之而为声，目遇之而成色。取之不尽，用之不竭。是造物者之无尽藏也，而我与子之所共适。”我深信苏子讲的句句是真理。然而，到了今天，江上之风还清吗？山间之月还明吗？谁都知道，由于大气的污染，风早已不清，月早已不明了。与此有联系的还有生态平衡的破坏，动植物品种的灭绝，新疾病的不断出现，人口的爆炸，臭氧层出了洞，自然资源——其中包括水——的枯竭，如此等等，不一而足。我们人类实际上已经到了“盲人骑瞎马，夜半临深池”的地步。令人吃惊的是，虽然有人已经注意到了这个现象；但并没有提高到与人类生存前途挂钩的水平，仍然只是头痛治头，脚痛治脚。还有人幻想用西方的“科学”来解救这一场危机。我认为，这是不太可能的，这一场灾难主要就是西方“征服自然”的“科学”造成的。西方科学优秀之处，必须继承；但是必须从根本上，从思想上，解决问题，以东方的“民胞物与”的“天人合一”的思想济西方“科学”之穷。人类前途，庶几有望。

二、学术研究的现实

对我辈知识分子来说，除了生活的现实之外，还有一个学术研究的现实。我在这里重点讲人文社会科学，因为我自己是搞这一行的。

文史之学，中国和欧洲都已有很长的历史。因两处具体历史情况不同，所以发展过程不尽相同。但是总的研究对象和研究方法多有相通之处，对象大都是古典文献。就中国而论，由于字体屡变，先秦典籍的传抄工作不能不受到影响。但是，读书必先识字，此《说文解字》之所以必做也。新材料的出现，多属偶然。地下材料，最初是“地不爱宝”，它自己把材料贡献出来的，有目的有意识的发掘工作是后来兴起的。盗墓者当然是例外。至于社会调查，古代不能说没有，采风就是调查形式之一。有计划有组织有目的的社会调查工作，也是晚起的，恐怕还是多少受了点西方的影响。

古代文史工作者用力最勤的是记诵之学。在科举时代，一个举子必须能背四书、五经，这是起码的条件。否则连秀才也当不上，遑论进士！扩而大之，要背诵十三经，有时还要连上注疏。至于传说有人能倒背十三经，对于我至今还是个谜，一本书能倒背吗？背了有什么用处呢？

社会不断前进，先出了一些类似后来索引的东西，系统的科学的索引，出现最晚，恐怕也是受西方的影响，有人称之为“引得”(index)，显然是舶来品。

但是，不管有没有索引，索引详细不详细，我们研究一个题目，总要先积累资料，而积累资料，靠记诵也好，靠索引也好，都是十分麻烦、十分困难的。有时候穷年累月，滴水穿石，才能勉强凑足够写一篇论文的资料，有一些资料可能还是可遇而不可求的。写文章之难真是难于上青天。

然而，石破天惊，电脑出现了，许多古代典籍逐渐输入电脑了，不用一举手一投足之劳，只需发一命令，则所需的资料立即呈现在你的眼前，一无遗漏。岂不痛快也哉！

这就是眼前我们面对的学术现实。最重要最困难的搜集资料工作解决了，岂不是人人皆可以为大学者了吗？难道我们还不能把枕头垫得高高地“高枕无忧”了吗？

我说:“且慢！且慢！我们的任务还并不轻松！”我们面临这一场大的转折，先要调整心态。对电脑赐给我们的资料，要加倍细致地予以分析使用。还有没有输入电脑的书，仍然需要我们去翻检。

老马识途

无论是在文章中，还是在口头上，“老马识途”是常常使用的一个典故。由于使用的频率颇高，因此而变成了一句俗语。

这个典故的出处是《韩非子·说林上》，与管仲和齐桓公有关。有一次，齐桓公伐孤竹，“春往冬反，迷惑失道。管仲曰：‘老马之智可用也。’乃放老马而随之，遂得道。”不管历史事实怎样，老马的故事是绝对可信的。不但马能识途，连驴、骡、猫、狗等等动物都有识途的本领或者本能。

但是，切不可迷信。

在古代，老马等之所以能够识途，因为它们老走同一条道路，而古代道路的变化很少，道路两旁的建筑物变化也不会大。久而久之，这些牲畜们就记住了。只要把缰绳放开，让它们自由行动，它们必然能找到回家的道路。也许这些牲畜们还有什么“特异功能”，我没有研究过，暂且不说。

但是，人类社会前进的速度越来越快，道路和建筑物的变化也越来越大。到了今天，简直一日数变。住在大城市里的人，三天不出门，再一出门，就有可能认不清街道。原来是一片空地，现在却像幻术一样，突然矗立在你的眼前的是一座摩天高楼。原来是一条羊肠小道，现在却突然变成了一条柏油马路。会晕头转向，这不必说了。即使老马一流的动物真有“特异功能”，也将无所用其技了。

我就有一个亲身的经验。有一天，我走出北大南门到黄庄邮局去，我在海淀已经住了将近半个世纪，是这里的一匹地地道道的老马。我也颇有自信，即使把我的眼蒙住，我也能够找回家来。然而，这一回我却出了丑，现了眼。我走了一条新路，一走出去，是一条大马路，车如流水马如龙。我一时傻了眼：这是什么地方呀？我的黄庄在哪里呀！我一时目眩口呆，只觉得天昏地转，大有白天“鬼挡墙”之感。我好不容易定了定神，猛抬头看到马路上驶过去的332路公共汽车，我才如梦方醒，终于安全地走回到了学校。

像我这样一匹老马，脑筋是“难得糊涂”的，眼耳都还能准确地使用；然而在距北大咫尺之地竟然栽了这样一个跟头，这个跟头在我心中摔出了一个“顿悟”。我悟到，千万不要再迷信老马识途，千万不要在任何方面，包括研究学问方面以老马自居。到了现在，我觉得倒是“小马识途”。因为年轻人无所蔽，无所惧，常常出门，什么摩天大楼，什么柏油马路，在他们眼中都很平常。

我们这些老马千万要向小马学习。

三思而行

“三思而行”，是我们现在常说的一句话。主要劝人做事不要鲁莽，要仔细考虑，然后行动，则成功的可能性会大一些，碰壁的可能性会小一些。

要数典而不忘祖，也并不难。这个典故就出在《论语·公冶长第五》：“季文子三思而后行。子闻之曰：‘再，斯可矣。’”这说明，孔老夫子是持反对意见的。吾家老祖宗文子（季孙行父）的三思而后行的举动，二千六七百年以来，历代都得到了几乎全天下人的赞扬，包括许多大学者在内。查一查《十三经注疏》，就能一目了然。《论语正义》说：“三思者，言思之多，能审慎也。”许多书上还表扬了季文子，说他是“忠而有贤行者”。甚至有人认为三思还不够。《三国志·吴志·诸葛恪传注》中说：有人劝恪“每事必十思”。可是我们的孔圣人却冒天下之大不韪，批评了季文子三思过多，只思二次（再）就够了。

这怎么解释呢？究竟谁是谁非呢？

我们必须先弄明白，什么叫“三思”。总起来说，对此有两个解释，一个是“言思之多”，这在上面已经引过。一个是“君子之谋也，始衷（中）终皆举之而后入焉”。这话虽为文子自己所说，然而孔子以及上万上亿的众人却不这样理解。他们理解，一直到今天，仍然是“多思”。

多思有什么坏处呢？又有什么好处呢？根据我个人几十年来的体会，除了下围棋、象棋等等以外，多思有时候能使人昏昏，容易误事。平常骂人说是“不肖子孙”，意思是与先人的行动不一样的人。我是季文子的最“肖”子孙。我平常做事不但三思，而且超过三思，是否达到了人们要求诸葛恪做的“十思”，没作统计，不敢乱说。反正是思过来，思过去，越思越糊涂，终而至头昏昏然，而仍不见行动，不敢行动。我这样一个过于细心的人，有时会误大事的。我觉得，碰到一件事，决不能不思而行，鲁莽行动。记得当年在德国时，法西斯统治正如火如荼，一些盲目崇拜希特勒的人，常常使用一个词儿 Daraufgalngertum，意思是“说干就干，不必思考”。这是法西斯的做法，我们必须坚决扬弃。遇事必须深思熟虑，先考虑可行性，考虑的方面越广越好。然后再考虑不可行性，也是考虑的方面越广越好。正反两面仔细考虑完以后，就必须加以比较，作出决定，立即行动。如果你考虑正面，又考虑反面之后，再回头来考虑正面，又再考虑反面，那么，如此循环往复，终无宁日，最终成为考虑的巨人，行动的侏儒。

所以，我赞成孔子的“再，斯可矣”。

真理愈辨愈明吗？

学者们常说："真理愈辨愈明。"我也曾长期虔诚地相信这一句话。

但是，最近我忽然大彻大悟，觉得事情正好相反，真理是愈辨愈糊涂。

我在大学时曾专修过一门课"西洋哲学史"，后来又读过几本《中国哲学史》和《印度哲学史》。我逐渐发现，世界上没有哪两个或多个哲学家，学说完全是一模一样的。有如大自然中的树叶，没有哪几个是绝对一样的。有多少树叶就有多少样子。在人世间，有多少哲学就有多少学说。每个哲学家都认为自己掌握了真理，有多少哲学家就有多少真理。

专以中国哲学而论，几千年来，哲学家们不知创造了多少理论和术语。表面上看起来，所用的中国字都是一样的；然而哲学家们赋予这些字的含义却不相同。比如韩愈的《原道》是脍炙人口、家喻户晓的。文章开头就说："博爱之谓仁，行而宜之之谓义，由是而之焉之谓道，足乎己无待于外之谓德。"韩愈大概认为，仁、义、道、德就代表了中国的"道"。他的解释简单明了，一看就懂。然而，倘一翻《中国哲学史》，则必能发现，诸家对这四个字的解释多如牛毛，各自自是而非他。

哲学家们辨（分辨）过没有呢？他们辩（辩论）过没有呢？他们既"辨"又"辩"，可是结果怎样呢？结果是让读者如堕入五里雾中。眼花缭乱，无所适从。我顺手举两个中国过去辨和辩的例子。一个是《庄子·秋水》："庄子与惠子游于濠梁之上。庄子曰：'鲦鱼出游从容，是鱼之乐也。'惠子曰：'子非鱼，安知鱼之乐？'庄子曰：'子非我，安知我不知鱼之乐？'"我觉得，惠施还可以答复："子非我，安知我不知子不知鱼之乐？"这样辩论下去，一万年也得不到结果。

还有一个辩论的例子是取自《儒林外史》："丈人道：'……你赊了猪头肉的钱不还，也来问我要，终日吵闹这事，哪里来的晦气！'陈和甫的儿子道：'老爹，假如这猪头肉是你老人家自己吃了，你也要还钱？'丈人道：'胡说！我若吃了，我自然还。这都是你吃的！'陈和甫儿子道：'设或我这钱已经还过老爹，老爹用了，而今也要还人？'丈人道：'放屁！你是该人的钱，怎是我用你的？'陈和甫儿子道：'万一猪不生这个头，难道它也来问我要钱？’”

以上两个辩论的例子，恐怕大家都是知道的。庄子和惠施都是诡辩家，《儒林外史》是讽刺小说。要说这两个对哲学辩论有普遍的代表性，那是言过其实。但是，倘若你细读中外哲学家“辨”和“辩”的文章，其背后确实潜藏着与上面两个例子类似的东西。这样的“辨”和“辩”能使真理愈辨愈明吗？戛戛乎难矣哉！

哲学家同诗人一样，都是在作诗。作不作由他们，信不信由你们。这就是我的结论。

我的“半瓶醋”

我曾在很多地方都说过，在清人所分的三门学问：义理、辞章、考据中，我最不擅长、最不喜欢的是义理，大体上相当于今天的所谓“哲学”。堂而皇之的理由是不多的，我只不过觉得义理这玩意儿太玄秘，太抽象，恍兮惚兮，其中无象，颇有点“公说公有理，婆说婆有理”的味道。为禀赋所限，我喜欢能摸得着看得见的实打实的东西，那种有一千个哲学家就有一千条真理的情况，我的脑筋跟不上。

可是，万万没有想到，我到了耄耋之年，竟然“老年忽发少年狂”，侈谈起了东方文化，谈起了东西方文化的同与异。实际上，这都是属于义理的范畴内的东西，为我以前所不敢谈、所不愿谈者。个中原因，颇有可得而言之者。

我虽然专门从事语言考证以及文化交流的研究工作，但必然会与文化现象有所接触。久而久之，我逐渐隐约感到东方文化确有其特点，东西文化确有其差异之处。适在这同时，我读到了钱宾四（穆）先生的生平最后的一篇文章，我顿有所悟，立即写成了一篇文章《“天人合一”新解》。这篇顿悟之作，颇受到学术界（中外皆有）的关注。同时我又进一步阅读和思考，又写成了《关于“天人合一”思想的再思考》。这时我对东西文化不同之处认得更具体更深入了。而阅读的结果也越来越多地证实了自己的想法，在不知不觉中，对我起了作用。它逐渐把我从搞考据的轻车熟路上吸引了出来，走到了另一条以前绝对想不到的侈谈义理之学的道路上来。俗话说：“一瓶子醋不响，半瓶子醋晃荡。”在义理之学方面，我是一个“半瓶醋”，这是丝毫也无可怀疑的，但是我有一个好胡思乱想的天性，是优点？是缺点？姑置不论，反正我的“乱想”现在就一变而为“乱响”了。

我想到的问题很多，这几年在许多文章中和座谈会上，我都讲到过。约略言之，可以有以下诸端，性质不同，但都与东西文化有某些关联：第一，汉语语法的研究必须改弦更张。第二，中国通史必须重写。第三，中国文学史必须重写。第四，中国文艺理论必须使用中国国有的术语，采用同西方不同的判断方法，这样才能在国际学坛上发出声音。第五，中国美学研究必须根本“转型”。第六，我认为，西方的基本思维模式是分析的，而中国或其他东方国家则是综合的。第七，西方处理人与大自然的关系的“征服”手段是错误的；中国的“天人合一”的观点是正确的。第八，西方的科学技术，在为世界人民谋福利的同时，产生了众多的弊端甚至灾害。现在如仍不悬崖勒马，则人类生存的前途必受到威胁。第九，东方文化与西方文化的关系是“三十年河东，三十年河西”。这一切还仅仅只能算是荦荦大者。你看，这些重重怪论，累累奇思，怎能不引起人们的关注？我这个半瓶醋岂非过分狂妄不自量力了吗？我决无意哗众取宠，我多年的胡思乱想让我不得不写。不管别人如何骇怪，我则深信不疑。

在骇异声中，赞同我的看法者有之，反对我的看法者有之，不知是赞同还是反对者亦有之。对于这些必然会出现的反应，我一律泰然处之。赞同者我当然会喜，反对者我决不会怒。我曾编选过两册《东西文化议论集》，收入我主编的大型丛书《东方文化集成》中。我曾为该书写过一篇序，说明了我的想法。我不称此书为“辩论集”，也不称之为“争论集”，而只称之为“议论集”，意思就是我在该书序中所说的：“我认为，居今而谈21世纪，不是一个理论问题，而是一个文学创作问题，创作的就是‘畅想曲’。我们大家都不妨来畅想一下，以抒发思未来之幽情，共庆升平。”我曾拿京剧《三岔口》来作比喻，在舞台上，刀光剑影，发出森森的寒光，但是你打你的，我打我的，谁也碰不着谁，谁也用不着碰谁。这是一个有待于21世纪历史进程来证明的历史问题。在21世纪还没有来临的这一块匾下，我们大家都是猜匾上字的近视眼，谁也不敢说匾上究竟是什么字。

最近我在上海《新民晚报》“夜光杯”上发表了一篇短文《真理愈辨愈明吗？》。这个题目就告诉人们，我是不相信真理越辨或者越辩越明的。常见辩论者双方，最初还能摆事实，讲道理，尚能做到语有伦次。但是随着辩论激烈程度的提高，个人意气用事的情况也愈益显著，终于辩到了最后，人身攻击者有之，强词夺理者有之，互相谩骂者有之，辩论至此，真理宁论！哪里还谈到越辩越明呢？

我在《东西文化议论集》中先把我自己的看法鲜明地摆出来，然后收入赞成我的看法的文章，反对我的看法的文章，只要能搜罗到，我都照收不误。我的意思是让读者自己去辨曲直，明是非。读者是有这个能力的。

我还有两点要补充或者说明一下。第一是一点希望，希望不同意我的看法的学者们，要多读一点我写的东西，不要看了我一篇文章，对其中的要领并不完全清楚，也许是我没有完全说清楚，就立即反驳，或者要与我“商榷”。这有点失之过急，让我读了啼笑皆非。还有一点是，我的一些说法，看起来不管多么新奇，都是先有人说过的。我决不敢立即到专利局去申请专利。希望某一些反对我的某一些看法的学者眼光放远一点，书要多读一点，不要急于把“荣誉”或者谴责都一股脑堆到我身上。

侈谈东西方文化，已经颇有些年头了，这违反我的天性，已如上述。但是既然已经走上了这一条路，我还要走下去的。特别是对东西文化之差异处，我仿佛害了“差异狂”，越看越多。没有办法，事实告诉我是这样，我只有这样相信，我这个“半瓶醋”晃荡了这样许多年，醋是否减少了一点，或者增加了一点呢？我看不出。我只是相信，如果醋增加到了装满了瓶子，那就没有晃荡的余地，想晃荡也不会出声。反之，如果醋减少到了一滴不剩，那么，瓶子里只剩下了空气，同样是不能出声。我看而且也希望，我这个“半瓶醋”，永远保留半瓶，给永远晃荡下去提供条件和基础。

选自《我与东方文化研究》，略有删改

人的一生是一个学习过程

任何人的一生，都是一个学习——广义的学习的过程。区别只在于有的人意识到这一点，有的人没有意识到；有的人主动，有的人被动。而意识到这一点又主动去学习的，其效果往往高于没有意识到这一点、只是被动地去学习的。这个道理其实并不难理解，稍一思考，就豁然了。

我们现在把青少年时期的学习，划分为幼儿园、小学、中学、大学、研究院等阶段。这只是一种不得已而为之的办法，为了计算方便、工作方便，不得不尔。每一个阶段，都规定了具体的学习任务、具体的要求。看来阶段与阶段之间的界限，似乎十分分明。事实上决不是这个样子。从宏观上来看，一个人一生的学习，是一个浑然不可分割的整体。哪一个阶段学习完，也不等于整个学习任务完。古人说“学无止境”，就是这个意思。有的人认为，大学一毕业，或者研究院一毕业，就算学到头了，这是一种误解，是对学习很不利的。

同上面说的这一层意思有密切联系的，是另外一个事实。这就是，从知识结构上来看，它决不可能是一成不变的，而是须要随时变动，随时调节。知识结构在上述几个学习阶段中，都不可能，也不应该一样。世界在千变万化，社会在飞速前进，特别在今天所谓“信息爆炸”的时代，我们的知识结构，必须随时更新，随时调节。一天不更新，一天不调节，就可能被时代潮流抛在后面。我可以借用一句现成的话来表达这个看法：稍纵即逝。

就拿研究学问来说吧。一个人一生不可能只研究一个题目，探讨一个问题。学者们都往往要研究一个以上的题目。而且研究什么题目，往往很难预先制定计划，由一个题目想到另一个题目，其中难免有些偶然性。古今中外许多大学者都可以作证。从他们的著作中就能够看出这种情况。我们自己的经验，也能证明同一个事实。研究一个题目，只要深入下去，就会发现，自己的知识结构有不足之处。如果换一个题目，另起炉灶，那情况就更严重，非调节自己的知识结构不行。这种调节往往是螺旋式地上升的。开头时，所知甚少；但是随着研究工作的深入，随着调节的加多、加速，知识也越来越多，知识结构也调节得越来越能适应研究工作的要求。这反过来又能促进研究工作的深入和提高。如此循环往复，宛如芝麻开花节节高，以至无穷。

在这里，我不妨举几个我自己的研究工作来作例子。我是搞语言研究工作的，研究过古代印度语言——吠陀语、史诗梵语和古典梵语，后来把兴趣集中到佛教语言——巴利语和佛教混合梵语上，又扩大到中亚古代语言——吐火罗语。回国以后，受到资料的限制，被迫搞佛教史和中印文化交流史。从表面上看起来，都同自然科学联系不大。但是，当时想确定巴利语和混合梵语的 āsīyati 这个字的含义时，就碰到了水结冰后体积膨胀的问题，这属于自然科学。在这里，我必须调节一下自己的知识结构，看一点自然科学的书。后来，我因为探讨中外文化交流的问题，必须弄清楚中国砂糖制造的历史。在某些环节上，这又与自然科学联系起来了。我的知识结构又必须调节了。类似的例子还可以举出一些来。但是，我觉得，这两个例子也足以说明问题了。

怎样来调节自己的知识结构呢?

调节知识结构两个要诀：一是靠反馈，二是靠预测。我在上面讲到，在人生的青少年阶段上，人们人为地划分为许多阶段。每一个阶段同另一些阶段，既互相联系，又互有区别。从调节知识结构的观点上来看，也是如此。但是我在这里想特别强调一点：调节知识结构，大学（包括研究院）是一个关键时期。这是因为，在中小学时期，学习基本上是按部就班地进行，主动性少而被动性多。知识结构比较简单。学生独立思考问题者不多。到了大学，也就是按部就班学习的最后阶段，毕业后就要进入社会，转入人生一个新阶段。此时，按部就班的学习，虽然依然存在，但是学生的主动性增多，被动性减少。知识结构逐渐丰满，独立思考问题的必要与可能都与日俱增。在这个关键时刻，要最大限度地发挥自己的主观能动性，根据反馈与预测两个要诀，随时注意调节自己的知识结构。

最后，我还想再重复一遍我在开头时讲的那一段话：人的一生是一个学习过程。大学或研究院毕业，只是这个过程的一个阶段的结束，而决不是学习的终结。我们还要继续学习下去的，一直到不能学习的那一天。我们毕生的座右铭应该是：锲而不舍，持之以恒，老而不已，学习终生。

选自《〈学者论大学生的知识结构与智能〉序》，略有删改

希望在你们身上

人类社会的进步，有如运动场上的接力赛。老年人跑第一棒，中年人跑第二棒，青年人跑第三棒。各有各的长度，各有各的任务，互相协调，共同努力，以期获得最后胜利。这里面并没有高低之分，而只有前后之别。老年人不必“倚老卖老”，青年人也不必“倚少卖少”。老年人当然先走，青年人也会变老。如此循环往复，流转不息。这是宇宙和人世间的永恒规律，谁也改变不了一丝一毫。所谓社会的进步，就寓于其中。

中国古话说：“长江后浪推前浪，世上新人换旧人。”像我这样年届耄耋的老朽，当然已是“旧人”。我们可以说是已经交了棒，看你们年轻人奋勇向前了。但是我们虽无棒在手，也决不会停下不走，“坐以待毙”；我们仍然要焚膏继晷，献上自己的余力，跟中青年人同心协力，把我们国家的事情办好。

我说的这一番道理，迹近老生常谈，然而却是真理。人世间的真理都是明白易懂的。可是，芸芸众生，花花世界，浑浑噩噩者居多，而明明白白者实少。你们青年人感觉锐敏，英气蓬勃，首先应该认识这个真理。要想树立正确的人生观和价值观，也必须从这里开始。换句话说就是，要认清自己在人类社会进化的漫漫的长河中的地位。人类的前途要由你们来决定，祖国的前途要由你们来创造。这就是你们青年人的责任。千万不要把人生观和价值观当做一个哲学命题来讨论，徒托空谈，无补实际。一切人生观和价值观，离开了这个责任感，都是空谈。

那么，我作为一个老人，要对你们说些什么座右铭呢？你们想要从我这里学些什么经验呢？我没有多少哲理，我也讨厌说些空话、废话、假话、大话。我一无灵丹妙药，二无锦囊妙计。我只有一点明白易懂简单朴素、迹近老生常谈、又确实是真理的道理。我引一首宋代大儒朱子的诗：

少年易老学难成
一寸光阴不可轻
未觉池塘春草梦
阶前梧叶已秋声

明白易懂，用不着解释。这首诗的关键有二：一是要学习，二是要惜寸阴。朱子心目中的“学”，同我们的当然不会完全一样。这个道理也用不着多加解释，只要心里明白就行。至于爱惜光阴，更是易懂。然而真正能实行者，却不多见。

这就是一个耄耋老人对你们的肺腑之谈。

青年们，好自为之。世界是你们的。

出版后记

为了帮助当代青少年了解一代大师季羡林先生，全景展示季老刻苦律己、发奋求成的可敬精神和心念祖国、即使在最困难的时候也不曾丢掉自己的良知的高尚品德，以及他对于人生、家国、社会等方面的独特思考和大智大慧，引导孩子追随大师的步伐，我们编选了这个书系。

在编选过程中，除了根据章节主题，重新拟定了一些文章的题目，以及考虑到时代背景的变化，对部分文章做了少量的删改外，我们本着保持原汁原味原貌的原则，对选取的文章内容乃至词语、标点用法尽量予以了保留。由于编者的水平所限，选取的篇目和撰写的内容难免会有不准确不恰当的地方，敬请方家指正。要想真正了解季羡林先生作品，我们建议读者购买季羡林先生未删减的原著，如《季羡林全集》。

图书出版过程中，我们不仅得到了由资深出版人王佩芬女士发起的季羡林读书会的大力帮助，更得到了中央重点新闻网站央视网的大力支持，授权我方使用央视网的相关视频链接，我们在此表示衷心的感谢！

本书编者

2018 年 9 月 28 日